Das Kind, das es nicht gibt

Fahimeh Tezval

Das Kind, das es nicht gibt

Bibliografische Information der Deutschen Nationalbibliothek
Die Deutsche Nationalbibliothek verzeichnet diese Publikation
in der Deutschen Nationalbibliografie; detaillierte bibliografische
Daten sind im Internet über http://dnb.d-nb.de abrufbar.

© 2014 Fahimeh Tezval
© Bilder Michael Melchior
Umschlagdesign, Satz, Herstellung und Verlag:
BoD - Books on Demand
ISBN 978-3-7357-3090-9

Inhalt

Vorwort	7
Kapitel 1: Unglaubliche Nachricht	9
Kapitel 2: Eine unangenehme Überraschung	17
Kapitel 3: Das Telefonat	23
Kapitel 4: Ein Geschick für Geheimdiplomatie	26
Kapitel 5: Romeo und Julia	29
Kapitel 6: Ein Gespräch unter Eheleuten	35
Kapitel 7: Eine Verabredung in der Schule	37
Kapitel 8: Tränen der Angst	40
Kapitel 9: Bei Dr. Schmidt	44
Kapitel 10: Der Psychotherapeut	48
Kapitel 11: Miran wird krank	50
Kapitel 12: Eine Nachricht im Radio	53
Kapitel 13: Im Restaurant	60
Kapitel 14: Wo ist das Mädchen?	63
Kapitel 15: Das Gespräch mit dem Vater	65

Kapitel 16: Treffen mit dem Chefarzt	68
Kapitel 17: Die Ärztekonferenz	70
Kapitel 18: Der Entbindungstag	72
Kapitel 19: Elternbesuch	78
Kapitel 20: Ärger mit dem Chefarzt	79
Kapitel 21: Ein kleines Problem ist beseitigt	82
Kapitel 22: Der ganz normale Alltag	84
Kapitel 23: Endlich eine gute Nachricht	85
Kapitel 24: Zu guter Letzt	88
Danksagung	93
Über die Autorin	95
Michael Melchior	96

Vorwort

Dieser Roman schildert eindrucksvoll das Schicksal ausländischer Flüchtlinge, das immer wieder für hitzige Debatten sorgt.

Umso hoffnungsvoller ist die Tatsache, mit der Daria und andere Ärzte Basima auf ihrem Weg, der voller Angst und Unsicherheit in der für sie fremden Kultur ist, begleiten.

Solche Schicksale sind das Resultat politischer Kurzsichtigkeit, Fehleinschätzung der Situation und anschließender kriegerischer Auseinandersetzung in den entsprechenden Ländern. Entwurzelte Familien, die aus ihren festgefügten Strukturen herausgerissen werden, um überleben zu können, flüchten in eine für sie fremde Kultur und müssen in kurzer Zeit alles, was ihre innere Überzeugung und ihre Lebensweise ausmachte, ändern. Diese Tatsache verursacht für sie weitere Probleme.

Andererseits bedeutet es für das Gastland eine Überforderung, diese fremden Kulturen zu verstehen und im Sinne des guten Zusammenlebens zu handeln.

Ohne zu werten, gelingt es der Autorin, die Zeitproblematik anhand von Basimas Schicksal beeindruckend aufzuzeigen.

Kapitel 1: Unglaubliche Nachricht

Daria schließt für einen kurzen Moment die Augen. Sie hat sich im Sitz ihres Mercedes zurückgelehnt und die Sonnenbrille in ihr mittellanges, dunkelbraunes Haar geschoben, sodass ihr nur noch eine einzelne Strähne ins Gesicht fällt. Ihr Brustkorb, über den sich das hereinfallende Sonnenlicht angenehm ausbreitet, hebt und senkt sich regelmäßig. Sie genießt die noch kühle Luft des frühen Morgens. Es ist halb acht und es verspricht ein wunderschöner, sonniger Maitag zu werden. Der Himmel ist bereits jetzt tiefblau und die Luft von Fliederduft erfüllt. Als Daria die Augen öffnet, lächelt sie unwillkürlich: Sie freut sich auf den Arbeitstag, der vor ihr liegt. Sie parkt ihr Auto auf ihrem Stammparkplatz. Routiniert klappt sie die Sonnenblende nach oben, zieht den Zündschlüssel aus dem Schloss, greift nach ihrer Handtasche, die auf dem Beifahrersitz liegt, und steigt aus. Flüchtig kontrolliert sie den Sitz ihres dunkelblauen Kostüms, während sie sich auf den Weg quer durch die Innenstadt in ihre Arztpraxis macht.

Von Weitem sieht sie bereits die dunkelroten Pavillons des Wochenmarktes. Es riecht nach frisch gebackenem Brot, ein farbenprächtiges Durcheinander von Gemüse, Kräutern und Obst empfängt sie. Was für ein schöner Tag, denkt Daria, als sie über den Platz geht. Sie erkennt Frau Blume, die gerade frische Erdbeeren in Bastkörbchen einsortiert.

»Guten Morgen, Frau Blume!«

»Ach, grüß Gott, Frau Doktor. Schön, Sie zu sehen! Was darf es heute für Sie sein?« Geschäftig reibt sich die rundliche ältere Dame ihre von den Erdbeeren rot gefärbten Hände an der Schürze ab. »Alles frisch – wie immer.«

»Jetzt noch nichts, vielen Dank. Ich komme auf dem Heimweg noch einmal vorbei, damit ich meine Einkäufe nicht hin- und herschleppen muss. Aber Ihre Erdbeeren sehen toll aus, davon nehme ich später sicherlich zwei Körbchen.«

»Ich lege die Besten gleich zurück. Dann bis später.«

»Ich wünsche Ihnen gute Geschäfte und frohes Schaffen!«

»Vielen Dank, Frau Doktor, das wünsche ich Ihnen auch!«

Daria beschleunigt ihren Schritt etwas, als sie die Fußgängerzone betritt, die sich langsam zu beleben beginnt. Schaufenster werden dekoriert, aus dem Bäckerladen weht der Geruch ofenfrischer Zimtschnecken. Hier und da begrüßt die Ärztin einen ihrer Patienten.

»Frau Omid, kann ich später zu einer Tetanusauffrischung vorbeikommen?«, brüllt Herr Rüder von der anderen Straßenseite und wedelt dabei mit seinem Gehstock in der Luft. Einen jungen Mann, der schnell zur Seite springt, um nicht von dem gestikulierenden Alten getroffen zu werden, bedenkt er nur mit einem verständnislosen Blick. Frau Amaris, eine Patientin, mit der Daria gerade ein paar Worte wechselt, kann sich kaum das Lachen verkneifen. »Ja, natürlich, Herr Rüder, kommen Sie einfach vorbei.« Auch Daria muss schmunzeln. Sichtlich zufrieden wendet sich der Patient ab.

»Obwohl wir eigentlich in einer Kleinstadt leben, geht es hier oft wie auf dem Dorf zu.« Frau Amaris lacht laut: »Der Herr Rüder, das ist aber auch einer ...«

»Ja, gerade in den Schulferien und an Feiertagen denkt man, man sei auf dem Land«, stimmt Daria belustigt zu. »Aber ich lebe wirklich gerne hier.«

»Seit wann sind Sie eigentlich hier, Frau Omid, wenn ich mal so direkt fragen darf. Sie sind doch aus dem Iran?«

»Ja, richtig, ich komme aus Persien, aber ich bin schon so lange hier, ich gehöre bereits zum Inventar.« Daria lacht.

»Und Sie lebten immer in unserem schönen Städtchen?«

»Nahezu, liebe Frau Amaris. Immer in Süddeutschland zumindest.«

Frau Amaris nickt anerkennend. Die Frauen stehen noch eine Weile vor dem Bäckerladen und plaudern über das Leben in der Kleinstadt. Daria liebt es, sich mit ihren Patienten zu unterhalten. Im Laufe der Jahre, die sie

2/12   Unglaubliche Nachricht   8/2014

in Deutschland als Allgemeinmedizinerin praktiziert, hat sie gelernt, wie dankbar die Patienten für ein persönliches Wort sind. Oft hilft eine Frage nach den schulischen Leistungen der Enkel mehr als jede Schmerztablette. Sie macht es gern, obwohl sie weiß, dass solch eine persönliche Betreuung oft sehr zeitaufwendig ist.

So ist es auch schon kurz nach acht Uhr, als die Ärztin endlich die Tür zur Praxis in der Hohen Straße aufschließt.

»Guten Morgen, meine Lieben!«

Es herrscht bereits jetzt Betriebsamkeit, obwohl offiziell die Sprechstunde erst in einer halben Stunde beginnt. Mali, die große, dunkelhäutige Arzthelferin mit den runden blauen Augen, steht in der kleinen Spülküche und stellt gerade gekühlte Wasserflaschen und bunte Gläser auf einem Tablett zusammen. Im Sommer letzten Jahres hatte es bei diversen Patienten Kreislaufprobleme im sehr sonnigen Wartezimmer gegeben, jetzt sollte Abhilfe dafür geschaffen werden. Helga, mit ihren fast sechzig Jahren die Älteste im Team, winkt der Eintretenden flüchtig vom Telefon aus zu. Ihrem resoluten Tonfall nach zu urteilen, ist sie schon wieder mit dem Labor verbunden, das bereits seit zwei Tagen diverse Untersuchungsergebnisse schuldig bleibt. »Frau Schütte, das mag ja alles sein, was Sie mir da erzählen. Aber wir haben Patienten, das geht so nicht, ich kann die nicht von Tag zu Tag vertrösten. Frau Omid ist auch schon ungehalten.«

Frau Omid ist nicht ungehalten, sie hat mit Helga auch nicht näher über den Vorfall gesprochen. Doch sie vertraut der erfahrenen Helferin, die mit ihren Methoden immer schnell ans Ziel gelangt. So hört man auch in diesem Fall nach einer kurzen Pause: »Gut, dann erwarte ich den Eilboten um kurz nach neun Uhr. Ich verlasse mich auf Sie, Frau Schütte.« Daria muss grinsen, Helga zwinkert ihr nur zu, während sie bereits eine neue Nummer wählt.

»Morgen, Frau Doktor.« Anna taucht mit einem Stapel Akten hinter Daria auf. Sie ist achtzehn Jahre alt und hat erst vor einem halben Jahr in der Praxis als Auszubildende angefangen. Daria schätzt sie gerade wegen ihrer agilen und frechen Art, mit der sie in den letzten Monaten in dem eingefahrenen Team für frischen Wind sorgte. So betraut die Ärztin sie mit immer verantwortungsvolleren Aufgaben. In der jungen Anna steckt Potenzial, das hat Daria von Anfang an gespürt.

»Guten Morgen, hast du gut geschlafen? Wen haben wir als ersten Patienten? Ach ja, und kannst du mir bitte die Testberichte vom Labor bringen?«

»Natürlich, sie kommen sofort.« Annas blonder Pferdeschwanz ist schon wieder im Zimmer mit den Akten verschwunden. Sie hat augenscheinlich hervorragende Laune. Der Morgen fängt gut an.

Die nächsten dreißig Minuten verbringt die Ärztin mit dem Studium unerledigter Patientenakten und vervollständigt fehlende Dokumentationen. Nach einer Lagebesprechung mit dem ganzen Team klingelt gegen Viertel vor neun das Telefon.

»Frau Dr. Schmidt ist am Telefon, soll ich sie durchstellen?«

Frau Dr. Schmidt ist eine Gynäkologin, die Daria auf Seminaren kennengelernt hat. Sie ist stets sehr gewissenhaft und korrekt, sodass Daria hinsichtlich gemeinsamer Patienten nur auf positive Kontakte zurückblicken kann.

»Ja, bitte verbinde mich. Und Anna, bringst du mir ein Glas Wasser und einen Kaffee?«

Es klickt in der Leitung, als die Helferin den Anruf durchstellt.

»Guten Morgen, Frau Schmidt. Was kann ich für Sie tun?«

»Guten Morgen, Frau Kollegin Omid. Darf ich Sie kurz stören? Ich rufe Sie wegen unserer gemeinsamen Patientin Basima Erzem an.«

»Selbstverständlich stören Sie nicht. Worum geht es?« Daria lehnt sich unweigerlich im Drehstuhl nach vorne. Basima und ihre ganze Familie sind schon seit Jahren Patienten von ihr.

»Ich habe bei ihr eine Schwangerschaft festgestellt«, antwortet Frau Dr. Schmidt ohne Umschweife.

Daria erschrickt und lässt um ein Haar ihre Kaffeetasse aus der Hand gleiten. »Das kann doch nicht sein – sie ist fast noch ein Kind!«

»Doch«, entgegnet Frau Dr. Schmidt, »sie ist wirklich schwanger. Ich habe einen Schwangerschaftstest gemacht und eine Ultraschalluntersuchung vorgenommen. Es besteht kein Zweifel. War sie in der letzten Zeit mal bei Ihnen?«

Daria runzelt die Stirn. »Nein, seit drei oder vier Monaten nicht. Vorher kam sie ab und zu und begleitete ihre Mutter als Dolmetscherin, Frau Erzem versteht ja kein Deutsch, nur Arabisch, und das verstehe ich wiederum nicht.«

»Sie ist jetzt in der sechsundzwanzigsten Woche«, erklärt die Kollegin. »Vor zwei Monaten kam sie ohne eine Begleitperson zu mir. Als sie von der Schwangerschaft erfuhr, wollte sie das Kind unbedingt abtreiben lassen. Ich sagte ihr, dass jenseits der zwölften Woche regulär kein Abbruch mehr erlaubt sei. Darauf flehte sie mich an, das Kind *wegzumachen*, und weinte. Auf meinen wiederholten Hinweis, dass eine Abtreibung jetzt nicht mehr zulässig sei und außerdem verhältnismäßig gefährlich, stammelte sie unter Tränen: *DIESES KIND DARF ES NICHT GEBEN! Ich habe solche Angst. Wenn mein Vater das rauskriegt, bringt er mich um.*«

Darias Mund ist trocken, entsetzt starrt sie gegen die weiße Wand. Das kann nicht sein. Basima ist ein Kind, nahezu ein Kind, denkt sie.

Frau Schmidt berichtet unterdessen weiter: »Dann sagte sie nach einer Weile etwas, ganz leise, ich konnte sie kaum verstehen: *Ich werde selbst versuchen, es irgendwie wegzumachen, wenn Sie mir nicht helfen.* Ich redete weiter auf das Mädchen ein, sie beruhigte sich schließlich etwas, aber ich hatte nicht den Eindruck, zu ihr durchdringen zu können. Meine Helferin gab ihr zwei Folgeuntersuchungstermine. Sie kam zu keinem.« Frau Schmidts Stimme gerät ins Stocken. Zögerlich fügt sie noch hinzu: »Sie sagte, Sie, Frau Kollegin, seien ihre Hausärztin. Ich bin jetzt ziemlich beunruhigt.«

Daria räuspert sich. Sie will den Anschein der Professionalität wahren und die zurückhaltende Kollegin nicht durch ihre impulsive Art verschrecken. »Es ist gut, dass Sie sich an mich gewandt haben, Frau Schmidt. Nein, leider hat sie sich mir nicht anvertraut.«

»Dann habe ich vergeblich gehofft, dass sie zu Ihnen kommt. Ich weiß nicht, was ich jetzt machen soll. Ich kann nicht bei ihr zu Hause anrufen oder ihr einen Brief schicken. Man weiß ja nicht, wer den liest. Haben Sie eine Idee, wie man Basima helfen kann?«

Daria nimmt einen Schluck Wasser, um überhaupt etwas zu tun. »Ich muss zugeben, ich bin geschockt. Ich muss nachdenken.« Sie fühlt sich hilflos. Vor dem geistigen Auge sieht Daria die junge Basima gemeinsam mit ihrer Familie im Wartezimmer sitzen. »Wenn Basima Angst vor ihrem Vater hat, ist das kein Wunder. Ich kenne die Familie. Die Schwangerschaft ist schon deswegen für sie nicht ungefährlich. Vielleicht sollte ich ihr eine Karte schreiben und sie zu einer Auffrischungsimpfung in die Praxis bestellen?«

»Ja, das ist eine gute Idee. In jedem Fall muss die Schwangerschaft überwacht werden.«

»Okay, ich kümmere mich darum. Ich benachrichtige Sie, wenn ich etwas herausbekomme.«

»Ja, unbedingt! Irgendetwas müssen wir tun.«

Daria nickt, wohl wissend, dass ihre Anruferin sie nicht sehen kann. »Dann machen Sie's erst mal gut, Frau Schmidt. Ich sehe, was ich tun kann.«

Nachdem Daria aufgelegt hat, bleibt sie zunächst regungslos sitzen. Das ist wirklich unglaublich, denkt sie. Sie spürt, wie ihr das Blut zu Kopf steigt. Auch ist ihr Puls noch immer beschleunigt. Was kann ich nur tun? Das Mädchen steckt ja wirklich in einer Problemfalle. Wie konnte sie überhaupt schwanger werden? Vergewaltigung? Daria zuckt bei dem Gedanken zusammen. Davon hat Dr. Schmidt nichts gesagt. Es hilft alles nichts, es ist passiert. Das junge Mädchen ist in Schwierigkeiten. Mit einem Ruck steht Daria von ihrem Stuhl auf und ruft nach Anna.

»Der erste Patient ist da, soll er hereinkommen?«

»Nein, Moment noch. Ich muss etwas mit dir besprechen. Der Patient muss warten.« Anna schließt die Tür hinter sich.

»Du kennst doch Basima und ihre Familie?«

»Familie Erzem? Ja, wieso?«

»Schreib der Tochter Basima eine Karte und bestell sie in die Praxis. Es ist eine Impfauffrischung erforderlich. Und gib ihr möglichst zeitnah einen Termin, am besten an einem der nächsten Tage.«

Anna streicht die Ecke der Liste, die sie in der rechten Hand hält, glatt.

»Um welche Impfung geht es? Ich glaube, die Patientin ist bereits durchgeimpft. Ich hole aber schnell ihre Akte.«

»Ja, bitte, wir schauen lieber mal nach.«

»Hier, Frau Doktor, schauen Sie selbst.« Anna hält ihr die bereits aufgeschlagene Akte entgegen.

Daria blättert und sucht nach den letzten Impfungen.

»Hier, Anna, ich glaube, ich könnte Basima eine Tetanusauffrischung empfehlen. Schaden kann es nicht. Schreib ihr, sie soll auf jeden Fall den Impfausweis mitbringen.«

Anna runzelt die Stirn. Obwohl sie erst seit Kurzem bei ihrer Chefin arbeitet, weiß sie, dass dieses Vorgehen für sie eher ungewöhnlich ist.

»Darf ich nach dem Grund fragen?«

Daria überlegt kurz und beschließt dann, Anna einzuweihen. Sie hatte beobachtet, wie sich die beiden etwa gleichaltrigen Mädchen sich bei Basimas letztem Besuch kurz unterhielten. »Okay, ich kläre dich auf, Anna. Aber es darf kein Wort nach außen dringen. Mali und Helga informiere ich nachher in unserer Teambesprechung selbst.« Aufmerksam hört Anna der Geschichte zu, die Daria mit wenigen Worten umreißt. Die Brisanz der Lage scheint die junge Frau sofort zu erfassen.

»Die Eltern dürfen in keinem Falle etwas davon erfahren. Bitte pass gut auf, dass du dich nicht verplapperst.«

Anna nickt. Ihr Gesichtsausdruck ist ungewöhnlich ernst. »Das ist ja unglaublich. Natürlich bleibt es topsecret!«

»So, nun schick mir mal den ersten Patienten.«

Anna dreht sich in der Tür noch einmal um. Daria scheint sich gefangen zu haben, äußerlich sieht man ihr nichts von den Geschehnissen der letzten Minuten an.

»Ja, sofort, Frau Doktor.«

Kapitel 2: Eine unangenehme Überraschung

Es ist ein Uhr mittags. Normalerweise trifft sich Daria etwas später mit ihrem Mann zum Essen. Heute geht sie früher als sonst zu ihm in den benachbarten Teil ihrer weitläufigen Praxisräume. Sie will mit ihm über Basima sprechen und seine Meinung darüber hören, wie sie sich verhalten soll. Daria betreibt mit ihrem Ehemann, Dr. Mehran Nuri, eine Praxisgemeinschaft. Er ist ein ruhiger und besonnener Mann, der die Gabe besitzt, Daria auf den Teppich zurückzuholen, wenn sie Höhenflüge unternimmt. Er unterstützt sie liebevoll in ihren Vorhaben, weiß jedoch auch, wann der richtige Moment ist, um einzuschreiten, ihren Tatendrang zu zügeln und ihre Energie in die richtige Richtung zu lenken.

Daria und ihr Mann machen sich auf den Weg in ihr Stammlokal. Innerlich ist die Ärztin sehr aufgewühlt, sie versucht sich allerdings so lange zu zügeln, bis sie die Hohe Straße verlassen haben und gemeinsam am Tisch sitzen. Appetit hat sie keinen, sie beschließt allerdings, vernünftig zu sein, und bestellt einen großen Salat mit Putenbrust und Balsamico-Dressing. Während die Eheleute auf die Bestellung warten, kann Daria nicht mehr an sich halten. Aufgeregt, aber mit fester Stimme berichtet sie von der Familie Erzem und vom Telefonat mit Dr. Schmidt: »Ich muss dem Mädchen doch helfen. Oder was meinst du?«

»Du lieber Gott, was soll ich dazu sagen? Das ist ja eine haarsträubende Geschichte. Ich befürchte, dass du dir eher Probleme einhandelst, wenn du dich allzu sehr darin verwickeln lässt. Du kennst doch Basimas Vater. Vielleicht sollte man sich an jemanden wenden, der professionelle Hilfe bieten kann, zum Beispiel an einen Psychotherapeuten?«

»Ich habe sie erst einmal in die Sprechstunde bestellt, um mir selbst ein Bild zu machen«, versucht Daria sich zu beruhigen. »Eventuell hat mir Frau Dr. Schmidt unbegründet Angst gemacht. Vielleicht ist Basima schon längst zu einem anderen Frauenarzt gegangen und hat das Kind illegal abtreiben lassen. Ich lasse das mal auf mich zukommen.« Sie nickt, um sich selbst Mut zuzusprechen.

»Das finde ich richtig.« Mehran Nuri legt seiner Frau beschwörend die Hand auf den Unterarm. »Aber du musst wirklich vorsichtig sein. Rechne damit, dass die Mutter mitkommt. Sie lässt ihre Tochter doch nie irgendwo allein hingehen. Schon deswegen verstehe ich nicht, dass Basima überhaupt schwanger werden konnte.«

»Falls sie überhaupt kommt. Ich halte dich auf dem Laufenden.« Daria sieht von ihrem Salat auf und greift nach der Hand ihres Mannes. »Wenn ich dich nicht hätte!«

Eine Woche später sitzt Daria gerade über der Akte eines Patienten, als es an der Tür zum Behandlungszimmer klopft. Anna tritt ein. »Sie ist tatsächlich gekommen!«

»Wer ist gekommen?«

»Na, das Mädchen, das Sie sehen wollten, die Impfpatientin. Basima Erzem.«

»Ist sie allein?«

»Nein, natürlich nicht. Mutter und Tochter sitzen beide im Wartezimmer.«

»Du darfst die Mutter auf keinen Fall zu mir hereinlassen. Ich muss alleine mit Basima sprechen. Die Tochter soll der Mutter sagen, es dauere länger. Sie soll noch Besorgungen machen und in einer Stunde wiederkommen. Schaffst du das?«

Anna nickt, wobei sie wieder den ungewohnt ernsten Gesichtsausdruck aufsetzt. Kurz darauf kommt sie zurück »Es hat geklappt. Die Mutter geht tatsächlich in die Stadt und kommt in einer Stunde wieder.«

»Bring Basima sofort rein, sobald die Mutter fort ist.«

Es vergehen nur wenige Minuten und Basima betritt das Sprechzimmer, begleitet von Anna. Daria steht hinter ihrem Schreibtisch auf, als das junge Mädchen hereinkommt.

»Guten Morgen, Basima, setz dich bitte.« Anna zieht die Tür hinter sich zu.

Basima nimmt schüchtern vor dem Schreibtisch der Ärztin Platz. Schon beim ersten Mal, als die Familie in Darias Praxis kam, war der Ärztin die noch kindliche Schönheit Basimas aufgefallen. Die großen, dunklen Augen mit den langen schwarzen Wimpern harmonieren vollkommen mit der schmalen Nase und den vollen Lippen. Ihre Haut hat einen zartbräunlichen Teint und ist makellos glatt. Sie ist noch hübscher, als Daria sie in Erinnerung hat. Das letzte Mal war Basima um die Weihnachtszeit in der Praxis gewesen, um für ihre Mutter zu übersetzen, da diese regelmäßig bei Frau Omid wegen eines Rückenleidens in Behandlung ist. Familie Erzem flüchtete vor einigen Jahren aus dem Nordirak nach Deutschland. Der Vater arbeitet nicht, sodass die Familie gezwungen ist, von Grundsicherungsleistungen zu leben.

Heute trägt Basima ein weites, hellgraues Sweatshirt mit Kapuze. Sie sitzt einfach da und sagt nichts. Darias Blick gleitet unweigerlich zum Bauch der Siebzehnjährigen. Unter der legeren Kleidung zeichnet sich keine auffällige Wölbung ab. Sollte sich Frau Schmidt geirrt haben? War mittlerweile schon alles zu spät?

»Hallo Basima, wie geht es dir?«

»Danke, sehr gut.«

»Weißt du, warum ich dich in die Praxis bestellt habe?«

»Ja, wegen der Impfung.«

»Ja, auch das.« Daria lächelt beschwichtigend. »Du warst lange nicht mehr hier. Aber du bist ja gesund und warum hättest du dann kommen sollen?«

Ein angedeutetes Lächeln huscht über Basimas Gesicht. Verschüchtert betrachtet sie ihre Fußspitzen.

»Möchtest du mir vielleicht etwas sagen?«

»Nein, warum?«

»Frau Dr. Schmidt hat mich angerufen. Sie bat mich, mich mit dir zu unterhalten.«

Basimas Blick wird ängstlich. Mit großen Augen sieht sie Daria direkt an.

»Möchtest du, dass ich dich untersuche?«

Basima nickt. Daria steht auf. Sie fordert das Mädchen auf, ihr zu folgen, und geht zur Untersuchungsliege auf der anderen Seite des Zimmers. Diese nähert sich nur langsam und zögernd, setzt sich jedoch schließlich neben die Ärztin auf die Liege. Ruhig und wortlos zieht sie ihr Sweatshirt aus, zögert allerdings, das weiße Unterhemd abzulegen. Dabei sagt sie nichts.

»Basima, du brauchst doch keine Angst zu haben.«

Das Mädchen zieht das Hemd aus. Jetzt sieht man die Rundung des Bauches und darüber einen breiten, mehrere Male um den Leib gebundenen weißen Schal. Basima dreht den Schal auf. Ihr Kopf ist gesenkt. Sie schweigt. Staunend betrachtet die Ärztin den Schal. Endlich hebt Basima den Kopf. Ihr Gesicht ist tränenüberströmt und sie schluchzt.

»Mein Gott, Kind! Du bist ja hochschwanger. Warum drückst du deinen Bauch dermaßen fest mit dem Tuch?«

Alles bricht jetzt aus Basima heraus. Sie weint so bitterlich, dass Daria ihre Worte nicht versteht. Stattdessen nimmt sie das Mädchen in ihre Arme, streicht über ihr Haar und versucht sie zu beruhigen. Basima lässt die tröstenden Berührungen zu, sie wirkt sogar erleichtert. Nach einer Weile beruhigt sie sich. »Dieses Kind darf es nicht geben! Was soll ich tun? Helfen Sie mir bitte. Mein Vater darf es nicht erfahren. Er tötet uns beide. Ich habe solche Angst, helfen Sie mir!«

Daria sieht hinunter auf die junge Frau mit den kindlichen Zügen, die in ihren Armen liegt. »Natürlich helfe ich dir. Wir müssen jetzt ganz offen miteinander sprechen. Wenn du meine Hilfe annehmen willst, musst du genau zuhören, was ich dir sage. Aber jetzt haben wir nur wenig Zeit, deine Mutter kann jeden Moment hereinkommen. Weiß sie etwas von deinem Zustand?«

»Nein, niemand weiß etwas. Keiner!«

»Du bist noch nicht achtzehn. Eigentlich muss ich deinen Eltern sagen, was los ist.«

Basima schüttelt energisch den Kopf. »Nein! Niemand darf es wissen!«

»Kannst du morgen wieder zu mir kommen?«

»Morgen muss ich in die Schule.«

»Ich werde mit der Schulleitung sprechen, denn du musst dringend untersucht werden. Meine Auszubildende Anna kennst du ja schon, sie wird dich von der Schule abholen. Komm einfach nach der ersten Pause zum Haupteingang, dort wartet sie auf dich und fährt dich zu Dr. Schmidt. Ich werde dich in der Schule entschuldigen. Jetzt zieh dich schnell an!«

Basima sagt nichts. Sie nickt nur.

»Du musst mir auch versprechen, den blöden Schal nicht mehr zu benutzen, das schadet dem Baby. Dein T-Shirt ist ja schon drei Nummern zu groß, das sollte ausreichen.«

»Ich will alles tun, was Sie wollen, Frau Doktor. Wenn Sie mir nur helfen.«

»Gut. Aber da ist noch etwas, Basima.« Daria sieht das Mädchen an. Sie hofft, dass diese begreift, in welcher Lage sie sich befindet. »Du musst mich von meiner Schweigepflicht entbinden, damit ich mit der Schulleitung und der Klassenlehrerin sprechen kann. Du musst eine Erklärung unterschreiben. Ist das okay für dich?«

»Ja, natürlich. Vielen, vielen Dank, dass Sie mir helfen wollen.«

»Wir schaffen das schon. Ich weiß zwar noch nicht, wie, aber wir finden einen Weg. Den Schal kannst du gleich hierlassen.«

Die Ärztin greift zum Hörer und ruft in die Anmeldung: »Ist Basimas Mutter schon wieder da?« Mali ist am Apparat: »Ja, sie ist eben gekommen.«

»Schick mir mal bitte Anna mit einer Schweigepflichtentbindungserklärung rein.«

Nachdem die Formalitäten erledigt sind, erkundigt sich Daria nach dem Namen der Schulleitung und der Klassenlehrerin. Sie notiert alles genau auf einem Block, der neben dem Telefon liegt, zusammen mit den entsprechenden Telefonnummern, die ihr Anna rausgesucht hat.

»Für heute bist du fertig. Und morgen sehen wir, wie es weitergeht.«

Basima wirkt ruhig, man könnte sogar denken entspannt, als sie das Sprechzimmer verlässt. »Danke, Frau Doktor.«

Daria ruft, nachdem die junge Irakerin gegangen ist, sofort den nächsten Patienten auf. Sie möchte heute möglichst schnell das Wartezimmer leer sehen, damit sie noch vor der Mittagspause mit Frau Dr. Schmidt telefonieren kann.

»Haben Sie etwas erreicht?«, fragt die Gynäkologin später.

»Ja, erstaunlich viel.«

Daria berichtet detailliert von Basimas Besuch. »Es wäre schön, wenn Sie sie morgen um Viertel nach neun untersuchen könnten. Meine Auszubildende holt Basima von der Schule ab und bringt sie zu Ihnen in die Praxis. Sie kann das Mädchen anschließend wieder zurückfahren. Ich habe Basima extra nicht selbst untersucht.«

»Sehr gut, ich richte es ein. Ich hoffe, dass es dem Baby unter solchen Umständen gut geht. Nach der Untersuchung sage ich Ihnen sofort Bescheid. Also, bis dann.«

Kapitel 3: Das Telefonat

Daria sieht auf ihre Armbanduhr. Am besten, sie versucht ihr Glück beim Albert-Schweitzer-Gymnasium, bevor dort niemand mehr zu erreichen ist. Sie wählt die Nummer des Sekretariats und lässt sich zur Rektorin, einer Frau Nikolai, durchstellen. Eine dunkle Frauenstimme meldet sich.

»Schönen guten Tag, mein Name ist Daria Omid. Ich bin Allgemeinmedizinerin und rufe Sie in einer heiklen Angelegenheit an. Es geht um eine Ihrer Schülerinnen.«

Frau Nikolai klingt etwas überrascht, aber nicht unfreundlich.

»Guten Tag, Frau Omid. Meine Sekretärin hatte mich schon kurz informiert. Um welche Schülerin handelt es sich denn genau?«

»Basima Erzem. Kennen Sie sie?«

»Ja, sicher. Einen Augenblick, bitte. Ich rufe mir einmal Basimas Akte auf.«

»Frau Erzem ist meine Patientin und steckt in großen Schwierigkeiten. Ich möchte ihr aus einer diffizilen Lage helfen und bin dazu auch auf die Mithilfe der Schule angewiesen.«

»Ist es etwas Ernstes?«, fragt Frau Nikolai zögerlich.

»Ja, es ist sehr ernst und hat vor allen Dingen etwas mit den Eltern zu tun. Ich weiß nicht, ob Sie die Familie kennen. Sie sind ausnehmend streng und traditionell. Basima fürchtet sich vor ihrem Vater, das Mädchen kann und will sich ihm nicht anvertrauen.«

»Die Familie ist mir flüchtig bekannt. Wenn ich helfen kann, tue ich das natürlich gerne – sofern es in meiner Macht steht. Allerdings müssten Sie mich dann stärker ins Vertrauen ziehen. Sie müssen verstehen, dass ich auch um das Wohl meiner Schüler und Schülerinnen besorgt bin und keinesfalls persönliche Informationen an Fremde herausgeben kann.«

»Da geht es mir nicht anders, Frau Nikolai. Basima hat mich von meiner Schweigepflicht entbunden, sonst dürfte ich gar nicht mit Ihnen sprechen. Was ich Ihnen jetzt erzähle, ist und bleibt daher strengstens vertraulich. Geben Sie mir bitte Ihr Wort, dass Sie niemandem etwas davon weitergeben.«

»Sie können sich auf mich verlassen.«

In knappen Worten berichtet Daria von der Schwangerschaft der Schülerin. »Sie verstehen, Frau Nikolai, es ist dringend nötig, dass Basima regelmäßig zur Schwangerschaftsvorsorge geht. Da dies in ihrer Freizeit nicht möglich ist, müsste sie dafür zu den jeweiligen Zeiten von der Schule freigestellt werden. Ich könnte bereits morgen einen Termin bei einer sehr kompetenten Frauenärztin vereinbaren. Es kommt jetzt auf Ihre Bereitschaft an, bei dieser ›Verschwörung‹ mitzumachen. Meine Auszubildende würde Basima morgen nach der ersten Stunde von der Schule abholen und nach der Untersuchung direkt zurückfahren.«

»Mein Gott, das ist unglaublich, was Sie mir da erzählen! Obwohl ich die Erzems nur flüchtig kenne, leuchtet es mir sofort ein, dass die Schwangerschaft geheim gehalten werden muss. Ist denn den Eltern bisher überhaupt nichts aufgefallen?«

»Ich kenne noch nicht die ganze Geschichte. Basima war nur für kurze Zeit bei mir und hat wenig erzählt. Können Sie sie für die Untersuchung freistellen?«

»Lassen Sie mir etwas Zeit. Ich rufe Sie gleich zurück, nachdem ich mit der Klassenlehrerin Frau Stein gesprochen habe.«

»Vielen Dank für Ihr Verständnis, ich erwarte dann Ihren Rückruf.«

Nachdem Daria aufgelegt hat, überfällt sie ein ungutes Gefühl. Irgendwie lief bisher alles zu glatt. Ob Frau Nikolai ihre Kollegin überzeugen kann? Vor dem Fenster hört sie Kinder spielen. Hoffentlich geht das alles gut, denkt sie und lässt den nächsten Patienten aufrufen. Die Mittagspause ist nun endgültig beendet.

Kurz vor Beginn der Nachmittagssprechstunde ruft die Schulleiterin zurück. »Ich habe mit der Klassenlehrerin gesprochen. Sie weiß Bescheid und wird Stillschweigen bewahren. Basima kann also nach der ersten Stunde zur Untersuchung abgeholt werden.«

»Das ist ja wunderbar!« Daria fällt ein Stein vom Herzen. Auch Frau Nikolai scheint erleichtert.

»Ich komme dann selbst dazu. Und Ihre Arzthelferin soll unbedingt ihren eigenen Ausweis mitbringen.«

»Natürlich. Ich stelle Ihnen auch gleich ein Attest für Basima aus. Vielen Dank, Frau Nikolai, für Ihren Einsatz.«

»Keine Ursache. Wir müssen doch zum Wohl des Mädchens zusammenhalten.«

Kapitel 4: Ein Geschick für Geheimdiplomatie

Beim Abendessen berichtet Daria ihrem Mann von den neuesten Entwicklungen. Der Beschluss, dem Mädchen zur Seite zu stehen, steht für die Ärztin nun unwiderruflich fest. Dr. Nuri, der seine Frau gut kennt, hat gerade an Letzterem nie gezweifelt: »Das hast du großartig gemacht. Du entwickelst ja ein richtiges Geschick für Geheimdiplomatie.« Er lacht herzlich.
»Ja, jetzt lernst du auch mal andere Seiten von mir kennen.«

Als Daria am nächsten Morgen zur Arbeit geht, ist sie sichtlich angespannt, immer wieder kreisen Gedanken in ihrem Kopf: Was der Tag wohl bringen wird? Geht es dem Baby gut? Hält sich Basima womöglich nicht an ihr Versprechen und verweigert den Besuch bei Dr. Schmidt? Als die Ärztin in der Praxis ankommt, geht sie direkt auf Anna zu, die gerade die Termine im Kalender aktualisiert.
»Guten Morgen, Anna. Heute ist es dann so weit. Schweren Herzens gebe ich dir meinen Autoschlüssel.« Daria legt den Schlüssel auf die Theke. »Du müsstest auch gleich losfahren. In der Schule kennst du dich ja aus. Basima und die Direktorin warten, wie wir es gestern besprochen haben, vor dem Haupteingang. Nimm bitte deinen Ausweis und die ausgefüllte Bescheinigung mit … und das Wichtigste«, Daria lächelt schief, »bau nur ja keinen Unfall!«
Anna hat erst vor zwei Monaten ihren Führerschein gemacht. »Das ist ja super«, sagt sie augenzwinkernd. »Ich freue mich total darauf, dass ich mit Ihrem neuen Mercedes fahren darf.« Sie kichert und auch Daria muss, wenn auch widerwillig, schmunzeln.
»Irgendwann muss man ja mal anfangen. Konzentriere dich, denn dein

Fahrgast ist schwanger und zerbrechlich. Pass also schön auf! Falls du einen Blechschaden baust, ziehe ich die Reparatur von deinem Gehalt ab.«

»Ach, der kleine Blechschaden, das wäre doch nicht schlimm. Auf Basima passe ich natürlich auf. Sie können sich darauf verlassen.«

»Bring sie nach der Untersuchung bei Frau Dr. Schmidt noch einmal zu uns in die Praxis, ich möchte mich mit ihr unterhalten.«

»Jawoll, Frau Doktor.« Anna nimmt ihre Jacke vom Haken und lässt beim Hinausgehen den Schlüsselbund lässig in der Hand kreisen. Die Tür fällt hinter ihr lautstark ins Schloss.

Es dauert zwei Stunden, bis Anna mit ihrer heiklen Fracht zurückkehrt. Während Basima mit einem Glas Apfelschorle in die Kabine zwei gesetzt wird, berichtet Anna Daria von dem Besuch bei der Gynäkologin.

»Und, wie war die Untersuchung, hat alles geklappt?«

»Frau Dr. Schmidt hat neben der Ultraschalluntersuchung auch die üblichen Urin- und Bluttests durchgeführt. Wir können beruhigt sein, Basima und dem Baby geht es gut.«

Kurze Zeit später klingelt das Telefon. Frau Dr. Schmidt ist am Apparat: »Hallo, Frau Kollegin. Mutter und Kind sind wohlauf, die Bluttestergebnisse kommen später. Im Ultraschall konnte ich sogar erkennen, dass es ein Junge ist. Basima hat sich allerdings geweigert, das Kind auf dem Ultraschall überhaupt anzusehen. Sie wollte auch kein Bild von mir annehmen. Aber rein körperlich ist zurzeit alles in Ordnung. Wenn Basima keine Dummheiten macht, wird alles gut verlaufen. Von der Größe des Kindes her schätze ich, dass sie im September entbinden wird, was auch zum Befund der siebenundzwanzigsten Schwangerschaftswoche passen würde. Doch im Moment kann ich mich hier noch nicht festlegen. In vier Wochen hat sie einen weiteren Vorsorgetermin. Sie erhalten von mir noch rechtzeitig eine Nachricht.«

»Puh, da können wir ja erst mal aufatmen. Basima ist bereits hier.« Ich werde gleich noch einmal mit ihr sprechen. Aber zunächst einmal herzlichen Dank, Frau Schmidt.«

Daria stellt sich ans geöffnete Fenster. Sie lässt ihren Blick über den

Hinterhof des Hauses schweifen. Zunächst denkt sie an Basima und deren Lage, dann an ihre eigene Vergangenheit. Sie stammt aus Isfahan, das vierhundert Kilometer im Süden von Teheran liegt. Ihre Heimat war die Lehrstätte des mittelalterlichen Arztes Avicenna, der heute als Begründer der modernen Medizin gilt. Nicht nur Daria, auch viele andere Menschen wurden durch ihn in ihrer Berufswahl beeinflusst. Nach dem Abitur kam sie nach Deutschland, um Medizin zu studieren. Damals kamen viele Iraner zum Studium hierher. Die Ausbildung konnte sie zügig beenden. Sie lernte ihren Landsmann und jetzigen Ehemann Mehran Nuri kennen, einen Facharzt für Chirurgie, der ebenfalls aus Isfahan stammt. Untereinander unterhalten sich Daria und ihr Mann weiterhin auf Farsi, das in unterschiedlichen Dialekten in Iran, Afghanistan, Tajikistan, Turkmenistan und Usbekistan gesprochen wird.

Gemeinsam mit ihrem Mann eröffnete Daria eine Praxisgemeinschaft in der Hohen Straße. Auf diese Weise war es beiden möglich, unabhängig zu bleiben, indem sie teure Anschaffungs- und Gerätekosten minimierten. Darias Praxis wurde im Laufe der Jahre zu einer Anlaufstelle für viele ausländische Patienten und so treffen heute viele unterschiedliche Nationen und Kulturen in ihrem Wartezimmer aufeinander. Viele von ihnen sind Flüchtlinge aus Kriegs- und Krisengebieten, die meisten von ihnen haben schreckliche Zeiten hinter sich. Obwohl Daria selbst nie gezwungen war, aus ihrer Heimat zu fliehen, fühlt sie mit diesen Menschen. So lag ihr auch die Familie Erzem, die aus dem Irak, dem Grenzgebiet zum Iran, stammt, schon immer am Herzen. Auch sie sind Kriegsflüchtlinge. Da sich die Familie längere Zeit im Iran aufgehalten hat, verstehen Basima und ihr Vater Farsi, weswegen sich Daria mit beiden in ihrer Muttersprache unterhalten kann. Das Mädchen bevorzugt jedoch die deutsche Sprache, die sie mittlerweile fehler- und nahezu akzentfrei spricht.

Daria streicht mit der Hand über den Messinggriff des Fensters, hält einen Moment inne, dann schließt sie es. Es wird Zeit, hinter die Fassade zu blicken.

Kapitel 5: Romeo und Julia

Basima sitzt in der Kabine und nippt gedankenverloren an ihrer Apfelsaftschorle. Als Anna sie leise anspricht, schreckt das Mädchen hoch.
»Oh, Basima, ich wollte dich nicht erschrecken. Kommst du ins Behandlungszimmer zwei? Frau Omid erwartet dich.«

»Guten Tag, Basima! Na, geht es dir gut?«
»Ja, danke.« Schüchtern betrachtet das Mädchen seine Schuhspitzen. Das zuvor gewonnene Vertrauen scheint verflogen.
»Wie war die Untersuchung?«
»Es ging gut.«
»Frau Dr. Schmidt hat mich angerufen und berichtet, dass bei dir alles in Ordnung ist. Sie konnte im Ultraschall sehen, dass du einen Jungen erwartest. Was sagst du denn dazu, freust du dich?«
»Nein.« Basimas Augen sind glasig. »Ich habe große Angst. Sie sagten mir doch, Sie würden mir helfen!«
»Ja, ich helfe dir. Aber du musst mir etwas mehr erzählen. Was genau ist passiert, Basima?«
»Was möchten Sie wissen, Frau Doktor?« Ihre Stimme ist leise und brüchig.
»Na, alles natürlich. Wer zum Beispiel ist der Vater des Kindes? Kennen deine Eltern ihn? Und überhaupt – wie konntest du dich mit ihm treffen? Deine Eltern lassen dich ja kaum alleine vor die Tür gehen.«
»Er ist mein Freund.« Als Basima zögert weiterzusprechen, versucht Daria sie zu beruhigen.
»Und? Du machst es ja richtig spannend. Du brauchst wirklich keine Angst zu haben.«

»Doch, ich habe große Angst. Ich glaube, ich sterbe sowieso bald!«

Basimas Augen füllen sich mit Tränen. Ihre Hände verkrampfen sich um ein Taschentuch, das sie im Schoß hält – wenige Zentimeter von ihrem Babybäuchlein entfernt.

»Ich kann dich verstehen«, beschwichtigt Daria. »Ständig Angst zu haben, ist sehr schlimm. Aber wenn ich dir helfen soll, musst du mir zuerst helfen, denn erst wenn wir gemeinsam eine Lösung gefunden haben, wird deine Angst kleiner werden, du wirst sehen. Also erzähl mir, was passiert ist, von Anfang an, und ich höre dir dabei zu.«

Basima nickt und beginnt zu erzählen: »Mein Freund ist neunzehn. Das erste Mal sah ich ihn an der Bushaltestelle vor der Schule. Anfangs lächelte er mich nur an. Eines Tages aber fragte er: *Hast du Lust auf Eis? – Nein*, sagte ich. Am nächsten Tag fragte er mich wieder: *Hast du Lust auf einen Kaffee? – Nein*, sagte ich wieder. *Hast du Lust auf Tee?* Ich dachte: Jetzt wird er mir jeden Tag was aus der Getränkekarte runterrattern. Bei diesem Gedanken musste ich lachen und schaute ihn an. Er sah wirklich gut aus. Als er mein Lächeln sah, fragte er mich nicht mehr danach, was ich gerne essen oder trinken wolle, stattdessen sagte er: *Hast du einen Freund? – Nein, wieso?*, antwortete ich.

Von da an sahen wir uns fast jeden Tag an der Bushaltestelle. Das ging zwei Monate so. Wir fingen an, uns über alles Mögliche zu unterhalten. Ich verpasste sogar einmal meinen Bus und bekam deswegen sofort Ärger mit meiner Mutter. Sie regte sich auf. Mir war das völlig egal. Von diesem Moment an habe ich mir eingeredet, dass Mirko mein Freund sei.

An einem Tag im Herbst verabredeten wir uns zwei Stunden früher an der Bushaltestelle. Ich hatte Unterrichtsausfall, was ich zu Hause natürlich verschwieg. Diesmal gingen wir ins Café und aßen Eis. Beim nächsten Mal gab es Kaffee, beim dritten Treffen Tee. Er amüsierte sich über die Reihenfolge. Wir haben viel gelacht und hatten uns eine Menge zu erzählen.

Kurz darauf machte meine Klasse einen Schulausflug und ich verpasste mit Absicht den Bus. Mirko hatte sich an diesem Tag bei seiner Arbeitsstelle krankgemeldet. Er ist Auszubildender in einer Schreinerei. Wir fuhren zu ihm nach Hause. Seine Eltern waren nicht da. Er zeigte mir sein Zimmer und kasperte herum. Dann wollte er mehr von mir und ich bin abgehauen.«

»Was hat denn deine Lehrerin dazu gesagt, dass du nicht beim Schulausflug warst?«

»Ich habe sie angelogen und erzählt, dass ich den Bus verpasst hätte, dass alle schon weg gewesen wären, als ich verspätet am Sammelplatz ankam. Und weil ich sonst sehr zuverlässig bin, fragte meine Lehrerin nicht weiter nach. Zu Hause konnte auch niemand etwas gemerkt haben. Dreimal war ich bei Mirko. Wir waren verliebt. Es war so schön, von ihm umarmt zu werden. Einmal platzte es aus ihm heraus: *Wollen wir nicht heiraten?* Ich erschrak und antwortete: *Wo denkst du hin? Das geht in gar keinem Fall! Meine Eltern haben mich schon einem anderen Mann im Irak versprochen, einem entfernten Verwandten. Das ist alles besiegelt. Ich kann das nicht ändern. So ist das bei uns. Ich kann mich nicht verweigern.*

»Und, was hat Mirko dazu gesagt? Wir leben in Deutschland. Hier kann jeder frei entscheiden. Dein Freund wird das bestimmt nicht verstanden haben.«

»Nein, natürlich nicht. Das hat er auch so gesagt. Er meinte, dass ich hier machen kann, was ich will, wenn ich achtzehn bin. Er sagte, er spricht mit meinem Vater. Der würde doch einsehen müssen, dass niemand unter Zwang heiraten kann. Ich habe ihm gesagt, dass er meine Familie und meine Sippe nicht kennt, da gelten andere Gesetze, es interessiert sie nicht, wie man in Deutschland lebt. Mein Vater legt Wert auf die Tradition unserer Heimat. Mirko war richtig bestürzt und sagte: *Ja, von solchen Sitten habe ich auch schon gehört und in der Zeitung gelesen – auch von der Sache mit den Ehrenmorden.* Aber auch danach hat Mirko meine Lage nie richtig verstanden. Es ist eine Schande für meine ganze Familie, wenn ich nicht den Mann heirate, dem ich versprochen bin.« Basima seufzt. Sie wirkt sehr ernst und nachdenklich. »Meine Eltern sind fanatisch«, sagt sie, den Blick auf das zerdrückte Taschentuch gerichtet. »Sie sind einfache Bauern, die würden nicht einmal eine legale Ehe mit einem Deutschen akzeptieren, geschweige denn eine illegale Verbindung und ein uneheliches Kind noch dazu.«

»Aber Basima, es muss doch einen Weg geben. Mein Mann würde bestimmt gerne mit deinem Vater sprechen. Schließlich liebt ihr euch doch, oder?«

Das Mädchen fängt plötzlich an zu zittern. »Nein, niemals! Bitte versprechen Sie mir, dass weder Sie noch Ihr Mann mit meinem Vater sprechen! Er würde mich töten und das Kind auch! Ich weiß es!«, ruft sie aufgebracht. »Bitte glauben Sie mir doch!«

»Beruhige dich. Nichts passiert ohne deine Zustimmung. Wie ging es denn dann weiter mit dir und Mirko? Habt ihr euch getrennt?«

Basimas Blick wandert aus dem Fenster. Sie wird sichtlich ruhiger, als sie zu erzählen fortfährt. »Mirko wollte trotzdem unbedingt mit meinem Vater reden. Ich habe es abgelehnt und gesagt, dass ich sofort Schluss mache, wenn er das versucht. Schließlich würde er mich damit in große Gefahr bringen. Von diesem Tag an hatte ich nicht nur Angst vor meinem Vater, sondern auch vor Mirko. Angst davor, dass er unsere Liebe verrät. Ich besuchte unsere Bushaltestelle drei Wochen lang nicht mehr. Ich sah ihn nur von Weitem und ging dann zu Fuß weiter zur nächsten Haltestelle. Er hat mich niemals gesehen.

Nach diesen drei Wochen hielt ich es nicht mehr aus: Ich musste ihn sehen. Er fehlte mir sehr, mein Leben ist sonst so unendlich langweilig. Doch ich werde fast immer überwacht. Wenn ich das Haus verlassen will, muss mein kleiner zehnjähriger Bruder Miran mich begleiten. Die Schule ist der einzige Ort, wo ich allein hingehen darf. Und die Bushaltestelle ist der Ort, den ich am meisten liebe.« Basima schließt die Augen. »Sie hat eine Überdachung. Daneben steht ein Magnolienbaum. Mein Freund und ich liebten diesen Baum. Es waren kurze Aufenthalte dort, aber sie reichten mir, um für eine begrenzte Zeit im siebten Himmel zu sein. Jetzt ist das alles vorbei: Mein Traum ist zerplatzt.«

Basimas Augen glänzen, wenn sie von der Zeit mit ihrem Freund erzählt. »Ich war einige Male in seinem Elternhaus und habe nicht bemerkt, dass ich schwanger wurde. Muss man sich dann nicht übergeben, Frau Doktor?«

»Nicht unbedingt.«

»Wir hatten in der Schule gerade das Babykriegen dran. Und da dachte ich an das Zusammensein mit Mirko. Trotzdem hatte ich keinen Verdacht, dass dabei etwas passiert sein könnte. Als dann aber meine Regel ausblieb, der Hosenbund enger und mein Bauch dicker wurde, bekam ich langsam Panik. Ich nahm mein Biobuch, las das entsprechende Kapitel und wusste irgendwie, dass alles schiefgegangen war. Ich war total verzweifelt, konnte nachts nicht mehr schlafen, musste ständig weinen. Oft wurde mir übel, aber ich dachte, dass es an meinen schwachen Nerven liegt.« Ein beinahe sarkastisches Lächeln huscht über Basimas Gesicht. »Jedenfalls habe ich seit dieser Zeit nur Angst! Ich sitze immer nur in meinem Zimmer. Was ich dort mache, ist meiner Familie egal, Hauptsache, ich bin zu Hause. Meinen Vater sehe ich sowieso nur kurz am Abend, wenn er von der Arbeit kommt. Und meine Mutter hat nicht mal bemerkt, dass ich mir zu große Klamotten gekauft habe. Sie macht die Hausarbeit und ist mit meinem Bruder beschäftigt. Sie hat oft Heimweh und ist sehr traurig.«

»Arbeitet dein Vater?«, fragt Daria erstaunt. »Ich dachte, ihr bekommt staatliche Unterstützung?«

»Ja, er hilft in einer Restaurantküche aus, um etwas nebenbei zu verdienen, weil das Geld für uns alle sonst nicht reicht. Wenn er nach Hause kommt, sehe ich ihn nur flüchtig, wir grüßen uns höchstens ganz kurz. Er hat viele Probleme.« Das Mädchen betrachtet seinen Bauch. »Bevor ich zu Frau Dr. Schmidt gegangen bin, habe ich einige Sachen gemacht, um das Kind loszuwerden.«

»Was hast du gemacht?«

»Ich bin zum Beispiel öfter von einer Mauer gesprungen. Aber dann habe ich Angst bekommen. Denn wenn ich davon Blutungen bekommen hätte und in die Klinik gebracht worden wäre, hätten meine Eltern ja Bescheid gewusst. Frau Schmidt war meine letzte Hoffnung, ich hatte ihre Nummer aus dem Telefonbuch. Den Rest kennen Sie ja.«

Daria lehnt sich im Stuhl zurück, sie muss erst mal verarbeiten, was Basima ihr erzählt hat. Romeo und Julia im 21. Jahrhundert, denkt sie, ja, der Vergleich passt. Aber sollte man nicht doch versuchen, mit den Eltern zu sprechen? Sanft setzt sie noch einmal an: »Mein Mann weiß immer einen Rat. Ich werde heute Abend mit ihm sprechen. Vielleicht kann er einmal mit deinem Vater von Mann zu Mann reden.«

»Nein, auf keinen Fall! Mein Vater ist sehr streng. Wenn er erfährt, was los ist, bringt er mich und das Kind um! Warum glauben Sie mir nicht?«

Daria nickt. So kommt sie nicht weiter. »Und was ist aus deinem Freund geworden?«

»Ich habe ihn noch einmal gesehen. Ich sagte ihm, dass ich schwanger sei. Er war ganz entsetzt und rief nur: *Sofort abtreiben! Abtreiben!* Er hat nicht einmal versucht, mich zu trösten. Er war plötzlich völlig verändert.«

»Dann kann die Liebe nicht groß gewesen sein.«

»Frau Dr. Schmidt wollte die Abtreibung nicht machen, weil es dafür schon zu spät war. Ich konnte sonst mit niemandem darüber sprechen. Als Sie mich wegen der Impfung angeschrieben haben, hoffte ich im Stillen, dass Sie mich verstehen und mir helfen könnten.« Basima streicht sich das Haar aus dem Gesicht, ihre Stimme ist verändert, als sie fortfährt: »Seit neun Wochen habe ich Mirko nicht mehr gesehen.« Leise fügt sie hinzu: »Er ist auch nicht mehr an der Bushaltestelle. Ich glaube, er will mit mir nichts mehr zu tun haben.«

Kapitel 6: Ein Gespräch unter Eheleuten

Nach Praxisschluss fahren Daria und ihr Mann nach Hause. Bewusst verliert Daria über Basima kein Wort, denn sie weiß genau, wie er in solchen Situationen, in denen er anderer Meinung ist, reagiert.

Sie unterhalten sich über die Tanzschule ihrer Tochter. Sie will mit dem Ballett aufhören. Mehran ist dagegen und sagt, es sei schade, wenn sie jetzt, nach vierzehn Jahren, den Unterricht einfach abbrechen würde.

»Ja«, sagt Daria, »das sehe ich auch so, aber sie hat sich das in den Kopf gesetzt. Wir können da wohl nichts machen.«

Unvermittelt fragt Mehran: »Also, wolltest du nicht heute mit deiner besonderen Patientin sprechen? Wie war's?«

»Ach so, ja, das habe ich. Ich erzähle dir das lieber ausführlich zu Hause. Ich bin jetzt richtig müde. Das muss ich dir in Ruhe berichten.«

»Du machst es ja richtig spannend, ist es denn so ein Problem, mit mir darüber zu reden?«

»Nein, ich will es nicht spannend machen, aber das ist so ein schwieriges Thema, dass ich dafür mehr Ruhe und Zeit brauche.«

Dr. Nuri schweigt.

Auch später, als das Ehepaar zu Hause angekommen ist, will Daria zunächst nicht über Basima sprechen. Sie beschäftigt sich stattdessen mit den Kindern und der Zubereitung des Abendessens und überlegt im Stillen, was weiter zu tun sei. Sie ist fest entschlossen, nicht nur Basima zu helfen, sondern außerdem das Leben des ungeborenen Kindes zu retten. In der Familie Erzem hat dieses unerwünschte Baby keine Zukunft, das weiß sie. Sie malt sich aus, was geschehen könnte, wenn dieses Kind bei der Mutter bliebe. Eine wahre Horrorvorstellung!, denkt sie bei sich. In was für einer ungerechten und harten Welt leben wir eigentlich? Nein, nein, das darf ich nicht zulassen!

Um zwanzig Uhr wird die *Tagesschau* eingeschaltet. Auch nach den Nachrichten bleibt Daria schweigsam, was ihr Mann bemerkt, denn dafür kennt er sie viel zu gut. Wenn sie so nachdenklich ist, weiß er, brütet sie immer etwas aus. Normalerweise ist seine Frau, wenn sie von der Praxis nach Hause kommt, munter und aktiv, hört Musik, beschäftigt sich mit den Kindern und unterhält sich mit ihm über den Arbeitstag. Heute scheint alles anders zu sein. Er ringt mit sich, ob er ihr Schweigen brechen soll, denn ihn befremdet die Distanz, die Daria zu ihm aufbaut. »Daria, du wolltest mir doch erzählen, was mit der Patientin heute los war. Wie seid ihr verblieben?«

»Welche Patientin?« Daria wirkt abwesend. »Ach so, du meinst Basima. Ja, sie ist da gewesen. Ich dachte anfangs, sie sei vergewaltigt worden. Aber nein – Gott sei Dank! Sie ist einfach verliebt wie jedes andere Mädchen in ihrem Alter. Basimas Kind ist tatsächlich ein Kind der Liebe.«

»Dann ist ja alles gut. Wenn aus der Liebesbeziehung dann noch eine feste Partnerschaft wird, ist doch alles bestens.«

»Nein, ihr Vater würde diese Beziehung niemals akzeptieren, zumal er für sie bereits einen Bräutigam ausgesucht hat. Basima ist somit verlobt. Sie soll einen Verwandten heiraten, wenn sie mit der Schule fertig ist – je früher, desto besser. In ihrer Heimat wäre sie längst schon verheiratet.«

Dr. Nuri schweigt.

Kapitel 7: Eine Verabredung in der Schule

Die Zeit vergeht schnell, auch für Daria. Am Donnerstagmittag um ein Uhr hat sie einen Termin mit der Schulleiterin Frau Nikolai und der Klassenlehrerin, Frau Stein. Die Unterstützung der Schule ist für die Ärztin sehr wichtig, sie sieht es deshalb als unbedingt notwendig an, die beiden Frauen auf den neuesten Stand zu bringen. Zudem wird Basima für weitere Mutterschaftsvorsorgeuntersuchungen demnächst öfter von der Schule abgeholt werden müssen.

Als Daria das Büro der Schulleitung betritt, erwartet Frau Nikolai sie bereits.

»Ach, Sie sind doch bestimmt Frau Omid«, sagt diese rasch und hält ihr die ausgestreckte Hand entgegen. Frau Nikolai ist etwa einen Meter achtzig groß und kräftig gebaut. Sie ist ungefähr in Darias Alter, wirkt aber durch ihre legere Kleidung jung und unkonventionell. Ihre Gesichtszüge sind grob, eigentlich eher zu einer Bäuerin passend denn zu einer Rektorin. Ihr Lächeln ist breit und wirkt authentisch.

»Ja, genau. Hallo, Frau Nikolai. Schön, dass wir uns auch mal persönlich kennenlernen.«

Beide Frauen lachen. Sie sind sich auf den ersten Blick sympathisch.

»Darf ich Ihnen etwas zu trinken anbieten, einen schwarzen Tee vielleicht?« Frau Nikolai deutet auf einen großen, silbernen Samowar, der auf der Fensterbank neben dem Schreibtisch der Schulleiterin steht. »Oder lieber einen Kaffee?«

»Ich nehme nur ein Glas Wasser, wenn es Ihnen keine Umstände macht.«

»Ach, wo denken Sie hin? Natürlich gerne.« Während sie einschenkt, spricht sie weiter. »Frau Stein wird auch gleich hier sein. Da haben wir uns ja in eine schwierige Geschichte verstrickt. Ich habe es bewusst vermieden, Basima auf ihre Schwangerschaft anzusprechen. Frau Stein sagte mir, dass es besser sei, wenn sie nach der großen Pause unauffällig abgeholt wird. Wir wollen vermeiden, dass ihre Mitschüler aufmerksam und neugierig werden.«

Es klopft und Frau Stein tritt ein. Sie ist optisch das genaue Gegenteil der Rektorin: klein, extrem zierlich, die Bluse bis auf den letzten Knopf geschlossen. Sie ist genau das, was man sich unter einer feinen Dame vorstellt, die kurz vor der Pensionierung steht. Dennoch ist ihr Lächeln sehr offen und sie wirkt aufgeschlossen.

»Ah, Frau Stein, kommen Sie bitte herein. Frau Stein, das ist Frau Dr. Omid. Sie ist die Hausärztin von Basima Erzem.«

»Guten Tag, es freut mich, Sie kennenzulernen!« Frau Steins Stimme ist hoch, aber nicht unangenehm.

»Guten Tag, Frau Stein. Ich bin froh, dass Sie und Frau Nikolai Zeit für mich gefunden haben. Und noch viel wichtiger ist, dass Sie Verständnis für Basimas schwierige Lage aufbringen.«

»Ist doch selbstverständlich, dass wir helfen!«, beeilt sich die Klassenlehrerin zu versichern. »Bisher konnten wir alles gut vor den Mitschülern verbergen. Vom Sportunterricht ist das Mädchen ja schon lange befreit und in der Klasse trägt es immer so weite Kleidung, dass bisher wohl niemand Verdacht geschöpft hat. Ich bin schon sehr überrascht, dass bisher keiner auf den Gedanken einer Schwangerschaft gekommen ist. Aber gut für uns! Ein Problem weniger, mit dem wir uns konfrontiert sehen.«

Daria tut die Solidarität der Frauen sehr gut. Sie spürt, dass sie mit den beiden einen Glücksgriff getan hat. Eine solche Unterstützung findet man nicht oft.

»Wie soll es denn jetzt weitergehen, Frau Omid?«, fragt Frau Nikolai, die gerade einen Tee für Frau Stein eingießt.

»Basima muss in der nächsten Zeit ein paar Mal zur Schwangerschaftsvorsorge. Wie oft, weiß ich jetzt noch nicht, dazu muss ich noch einmal mit der behandelnden Frauenärztin, Frau Dr. Schmidt, Rücksprache halten. Ab der dreiunddreißigsten Schwangerschaftswoche wird sie in jedem Fall alle zwei Wochen untersucht. Sie wissen ja, ich bin keine Gynäkologin, aber ich spreche noch einmal mit Frau Schmidt und dann bekommen Sie einen genauen Ablaufplan.«

»Wann ist der Geburtstermin?«

»Voraussichtlich im September, meint die Frauenärztin.«

»Was soll denn nach der Geburt geschehen? «

Daria seufzt. »Das ist leider noch alles unklar. Ich habe ja die Hoffnung, dass sie ihre Angst überwindet und zulässt, dass ich mit ihren Eltern spreche. Aber was wird mit dem Kind? Basima ist davon überzeugt, dass der Vater sie und das Neugeborene töten wird. Da ist es natürlich verständlich, dass sie die Schwangerschaft um jeden Preis vor den Eltern geheim halten will. Bis jetzt ist ihr das auch gelungen, worüber ich genauso überrascht bin wie Sie, liebe Frau Stein. Aber anscheinend sitzt das Mädchen den ganzen Tag in seinem Zimmer. Kontakt, zum Beispiel zu den Mahlzeiten, gibt es in diesem Fall ohnehin nicht.«

Frau Stein nippt an ihrem Tee und nickt. »Vielleicht kann man es so erklären: Wenn man eine Schwangerschaft nicht vermutet, achtet man auch nicht auf die Veränderung. Mir wäre es wahrscheinlich ebenfalls nicht aufgefallen, wäre ich nicht über die Tatsache informiert worden. Zudem ist Basima ein stilles Mädchen, dem man eine Schwangerschaft überhaupt nicht zutraut. Sie ist nicht verhaltensauffällig, im Gegenteil, Basima arbeitet gut im Unterricht mit, alle ihre schulischen Leistungen sind gut. Nur im Deutschen hat sie sichtbare Schwächen. Obwohl sie relativ gut Deutsch spricht, bereitet ihr das Schreiben Probleme. Aber zurzeit hat sie andere Schwierigkeiten, um die wir uns kümmern müssen.« Alle drei Frauen lächeln. Es scheint so, als sei zwischen diesen drei äußerlich nicht unterschiedlicher sein könnenden Frauen ein geheimer Bund entstanden. Sie sitzen noch eine Weile zusammen und unterhalten sich über Probleme, mit denen sich Frauen selbst im 21. Jahrhundert noch konfrontiert sehen. Sie sprechen über Gewalt und Intoleranz, denen viele Frauen und Mädchen noch immer ausgesetzt sind. Viele von ihnen leben in Verzweiflung, ohne Hoffnung und sind wehrlos. Als Daria später die Tür zum Rektorat hinter sich ins Schloss zieht, hat sie mehr denn je den Eindruck, das Richtige zu tun.

Kapitel 8: Tränen der Angst

Vier Wochen sind seit Basimas letzter Untersuchung vergangen. Wie beim letzten Mal holt Anna auch dieses Mal das Mädchen von der Schule ab und fährt es erst zur Gynäkologin, dann weiter zu Darias Praxis. Diese hat sich heute vorgenommen, energischer mit Basima zu sprechen. Vielleicht kann die Geschichte auf diesem Wege zu einem guten Ende gebracht werden. Zu diesem Zweck plant die Ärztin mehr Zeit ein; andere Patienten sind bereits umbestellt worden.

Um Viertel vor elf trifft die junge Irakerin ein. Daria lächelt sie ermutigend an, als sie das Sprechzimmer betritt.

»Guten Morgen, Frau Doktor.«

»Hallo Basima. Na, ist alles okay mit dir und dem Kind?«

»Ja, es ist alles gut. Frau Doktor, Sie wollen mir doch bis zum Ende helfen, oder?«

Daria ist überrascht: »Was meinst du mit *bis zum Ende*? Bis zur Entbindung?«

»Ja.«

»Ich möchte jetzt erst einmal mit dir nicht über die Entbindung, sondern über andere Dinge sprechen.« Darias Stimme ist ernst und sie spricht sehr deutlich, während sie Basima direkt in die Augen schaut. Das Mädchen senkt den Kopf, sie kann den Blickkontakt nicht lange aushalten.

Als Daria fortfährt, versucht sie, beruhigend zu klingen »Ich will dir helfen, aber es gibt verschiedene Arten von Hilfe. Du hast Angst vor deinen Eltern, besonders vor deinem Vater. Du lebst in Deutschland. Hier kann dir gesetzlich geholfen werden. Wenn eine Frau wirklich in Gefahr ist, kann die Polizei sie beschützen. Du könntest in ein Schutzprogramm aufgenommen werden, weder dir noch dem Kind würde etwas Schlim-

4/12 Tränen der Angst 8/2014

mes geschehen. Weißt du, was ein Schutzprogramm ist? Oder was ein Frauenhaus ist?«

Basima schüttelt den Kopf. Daria erklärt ihr daraufhin das Prinzip des Frauenhauses und dass auf diesem Wege Basima und ihr Kind zusammenbleiben könnten. Doch das Mädchen will nichts davon hören. »Nein, nein ... bitte nicht.« Ihre Stimme klingt verzweifelt und schwach. »Sie verstehen mich nicht. Niemand kann mich verstehen.« Tränen treten in ihre Augen. »Ich will meine Familie nicht verlassen und auch nicht in ein Frauenhaus gehen. Ich will nur meinem Vater diese Schande ersparen. Er wird mich sonst umbringen. Und wenn er das nicht tut, dann wird er mich verstoßen. Oder er wird sich selbst was antun.« Sie stockt, presst dann mit Mühe hervor: »Und – und – das Kind: Es hätte keine Chance.«

Sie fängt an zu weinen und zittert. Schluchzend sagt sie: »Wenn Sie mir nicht helfen, dann werde ich mich umbringen. Sie sind meine letzte Hoffnung, helfen Sie mir doch bitte!« Basima zieht ihre Beine auf den Stuhl und umschlingt sie mit ihren Armen, Weinkrämpfe erschüttern ihren Körper. Daria ist entsetzt. Sie geht zu dem Kind und nimmt es fest in den Arm. Sie kämpft jetzt selbst mit den Tränen – allerdings ohne Erfolg.

»Okay, Basima, ich werde dir helfen, aber du musst mir sagen, wie. Du willst nicht, dass ich mit der Polizei spreche, und du willst nicht, dass ich mit irgendeiner erwachsenen Person aus deinem Kulturkreis spreche, auch nicht mit deiner Familie. Dann kann ich dir nur helfen, indem ich deine Schwangerschaft bis zur Geburt verstecke.« Daria presst die Lippen fest zusammen. Sie ist nun nicht mehr Basimas Ärztin, sondern gerade zu ihrer Komplizin geworden. Dass sie damit auch ihre autoritäre Stellung aufgibt, wird ihr schmerzlich bewusst.

»Und was soll nach der Geburt mit dem Kind geschehen? Wie willst du es heimlich großziehen?«, fragt sie Basima bewusst naiv. »Was soll mit dem Kind geschehen?«

Basima schweigt und schaut Daria mit rot umränderten Augen an.

»Was dann, meine liebe Basima?«, hakt Daria nach. »Du machst dir alles sehr leicht. Dauernd sagst du: Frau Doktor, helfen Sie mir! Vielleicht denkst du, ich hätte eine Pille dagegen, die ich auf ein Rezept schreiben kann. Bitte denke gut nach und überlege es dir genau. Du bist bereits jetzt Mutter. Magst du dieses Kind nicht, das sich in deinem Bauch bewegt? Also überlege es dir ganz genau.«

Basima rinnen unaufhörlich Tränen über das Gesicht, aber kein Laut dringt mehr aus ihrer Kehle.

»Basima, ich will dir wirklich helfen«, sagt Daria energisch. »Es geht aber nicht und hilft uns nicht weiter, wenn du nur weinst. Was hältst du davon, wenn ich einen Psychotherapeuten hinzuziehe, der sich mit deiner Kultur und Sprache auskennt? Ich denke, das würde uns in dieser schwierigen Situation sehr helfen. Bist du damit einverstanden?«

Basima wischt sich ihre Tränen ab und nach einer Weile nickt sie. »Ich tue alles, was Sie sagen.«

»Nein, Basima. *Du* solltest es tun, weil *du* es willst.«

Basima nickt wieder.

»Gut. Wir sehen uns nach deiner nächsten Untersuchung bei Dr. Schmidt.« Daria gibt ihr für alle Fälle ihre private Telefonnummer und Adresse. »Nun fährt dich Anna in die Schule zurück.« Sie schiebt ihren Zeigefinger unter Basimas Kinn und hebt damit ihren Kopf nach oben. Sie sieht ihr in die Augen. »Es wird alles gut, du wirst sehen. Das Baby spürt deine Angst und deinen Kummer – das ist nicht gut.« Sie nimmt das Mädchen noch einmal in den Arm. »Ich werde dir helfen, Basima.«

Als Basima fort ist, ruft Daria Frau Dr. Schmidt an und lässt sich von ihrer Sprechstundenhilfe einen Termin geben. Sie hat einen Plan gefasst, den sie mit der Frauenärztin besprechen will.

Kapitel 9: Bei Dr. Schmidt

Es ist früher Abend und Daria sitzt im Wartezimmer der Frauenärztin. Obwohl es schon spät ist, hat Frau Dr. Schmidt noch Patienten. Daria beobachtet zwei Schwangere; beide Frauen sehen richtig glücklich aus. Daria verfolgt das heitere Gespräch der Patientinnen aufmerksam. Alles klingt so unbeschwert. Sie plaudern über bereits gekaufte Kindersachen, welcher Kinderwagen zu empfehlen ist und wann das Babyzimmer fertig eingerichtet sein sollte. Es fallen Sätze wie *Kommt Ihr Mann zum Geburtsvorbereitungskurs?* oder *Will er bei der Geburt im Kreißsaal dabei sein?*. Daria muss an Basima und ihr Baby denken; sie wünscht, auch das Mädchen könnte so unbeschwert und voller Vorfreude mit seiner Schwangerschaft umgehen. Ein beklemmendes Gefühl überfällt sie: Es ist alles so ungerecht, so schlimm! In welcher Welt leben wir eigentlich? Auch Basima sollte ihr Kind lieben dürfen und nicht gezwungen sein, es hergeben zu müssen, um traditionellen Werten zu genügen. Daria hängt ihren Gedanken nach, bis Frau Schmidt plötzlich im Türrahmen steht. Sie trägt ihren weißen Arztkittel offen über einem grauen Kostüm. Ihre Haare sind kupferfarben und streng zurückgebürstet. Auf ihrem fein geschnittenen Gesicht zeichnet sich ein sanftes Lächeln ab.

»Guten Abend, Frau Kollegin«, grüßt sie. »Schön, Sie zu sehen.«

»Ach, Frau Schmidt, ich war ganz in Gedanken.«

»Das habe ich gemerkt, ich stehe nämlich schon eine ganze Zeit hier. Lassen Sie uns in mein Büro gehen. Da gibt es eine schöne Tasse Tee.«

»Das klingt gut.« Die Frauenärztin führt ihren Gast einen langen Gang entlang, an dessen Wänden sich moderne Kunstwerke mit vergrößerten Säuglingsfotos und Dankeskarten von Patientinnen abwechseln. Frau Schmidt arbeitet in einer Gemeinschaftspraxis, die technisch auf dem neuesten Stand ist. Auch das Sprechzimmer der Ärztin ist in hellen Farben gehalten. Die beiden Frauen nehmen nicht am großen Schreibtisch Platz, der direkt an einem bodenlangen Fenster steht und von Papieren übersät ist, sondern setzen sich in eine kleine Sesselgruppe in der hinteren Ecke des Raumes. Frau Schmidt stellt ein paar Kekse und zwei Tassen grünen Tee auf ein kleines Tischchen. Sie plaudern zunächst über die neuesten Änderungen im Gesundheitswesen und beklagen den lästigen und fast nicht zu bewältigenden Papierkram in Arztpraxen.

»Ja, dabei bleibt wirklich wenig Zeit für die Patienten, obwohl das eigentlich unsere Haupttätigkeit sein müsste«, sagt Daria und nimmt einen Schluck Tee.

»Da haben Sie recht. Ich sitze häufig bis zehn Uhr abends in der Praxis und schreibe und schreibe und schreibe. Es ist ein Wahnsinn!« Frau Schmidt stellt ihre Tasse klirrend auf den Untersetzer zurück. »Aber lassen Sie uns mal zu unserem gemeinsamen Sorgenkind kommen. Ich habe lange auf Basima eingeredet und versucht, ihr zu zeigen, dass es noch andere Möglichkeiten für sie gibt, aber sie gerät jedes Mal in Panik. Ihre Angst ist vielleicht berechtigt, aber wie und vor allem wie lange kann sie die Schwangerschaft noch vor der Welt verstecken? Sie sagt auch nicht, wie ihr Freund mit Nachnamen heißt oder wo er wohnt. Natürlich hat sie Angst, die Wahrheit zu sagen, aber wir beide sitzen ebenfalls in der Patsche. Das ist wirklich ein Dilemma.«

»Ja, Ihre Angst ist nicht völlig unbegründet, denn der Vater ist streng. Nehmen wir mal an, dass er sie nicht umbringen würde, wie sie dauernd behauptet, aber er würde sie sofort in seine Heimat zurückbringen. Sie müsste die Schule abbrechen. Zudem würde er das Kind bestimmt nicht großziehen wollen, was aus ihm werden würde, möchte ich mir gar nicht vorstellen. Es bleibt uns nichts anderes übrig: Wir müssen Basima weiterhin zur Seite stehen und gute Miene zum bösen Spiel machen. Ich sehe aber ganz wie Sie die Grenzen unseres Einflusses deutlich. Aus diesem Grund habe ich Basima eine psychologische Betreuung durch einen passenden Fachmann aus ihrem Kulturkreis empfohlen. Zum Glück hat sie zugestimmt. Das würde Basima, aber auch nicht zuletzt uns beide ungeheuer entlasten.«

»Das stimmt wohl. Kennen Sie denn jemanden, der dafür infrage käme?«

»Zufällig ja. Es ist ein Arabisch sprechender Psychotherapeut aus Dubai. Seine Räumlichkeiten befinden sich allerdings fünfzehn Kilometer entfernt. Ich habe trotzdem vor, ihn zurate zu ziehen. Vielleicht ist er ja bereit, Basima psychologisch zu betreuen.«

»Das ist eine gute Idee! Außerdem haben wir ja noch die Schulleitung und die Klassenlehrerin, die uns unterstützen. So langsam werden wir eine richtig verschworene Einheit.« Frau Schmidt zwinkert Daria zu.

»Was wollen wir als Nächstes tun? Der Geburtstermin naht ja unaufhaltsam.«

»Ja, stimmt. Bevor ich es vergesse, Frau Omid, wir hatten ja noch gar nicht darüber gesprochen: Auch bei einer schwangeren Schülerin gilt das Mutterschutzgesetz, was bedeutet, dass sie sechs Wochen vor und acht Wochen nach der Entbindung nicht in die Schule gehen darf. Es sei denn, die Schule hätte eine schriftliche Einverständniserklärung von ihr. Ich habe Basima darüber schon aufgeklärt. Sie will natürlich unbedingt weiter hingehen, was ich unter diesen Umständen auch befürworten würde. Soweit ich informiert bin, hatte sie ein Gespräch mit ihrer Klassenlehrerin, die wohl auch zugleich ihre Vertrauenslehrerin ist. Können Sie vielleicht bei der Schuldirektorin noch einmal nachfragen, ob Basima alles richtig verstanden hat? Sie hatten ja in der Vergangenheit schon mehrfach Kontakt zur Rektorin. Auf jeden Fall habe ich der Schule ein ärztliches Attest für Basima zugeschickt. Darin habe ich aufgelistet, welche Tätigkeiten sie als Schwangere nicht ausüben darf, zum Beispiel bestimmte Sportarten oder praktischen Unterricht im Chemielabor.«

»Gut, dann spreche ich noch einmal mit Frau Nikolai. Soweit ich weiß, ist Basima schon länger vom Sportunterricht freigestellt. Frau Stein hatte Angst, dass die Mitschüler die Schwangerschaft bemerken oder dass es eventuell zu anderen ›Zwischenfällen‹ kommt. Ich wollte mit Ihnen jetzt noch einmal ein paar Eventualitäten durchdenken und einen Zeitplan erarbeiten. Ein wichtiger Punkt auf meiner Liste ist ein Gespräch mit dem Chefarzt einer Klinik. Es muss ja jemand sein, der bereit ist, bei unserem Theaterstück mitzuspielen. Sollte eine Geburt in der hiesigen Frauenklinik nicht möglich sein, müssen wir rechtzeitig eine andere Klinik organisieren, die einer anonymen Entbindung zustimmt. Dann bleibt natürlich noch die Frage, was mit dem Kind passieren soll. Wobei eigentlich nur eine Adoption infrage kommt, denn ich werde nicht zulassen, dass diesem Kind etwas geschieht.«

»Das liegt auch in meinem Interesse, Frau Kollegin. Lassen Sie uns einmal einen richtigen Schlachtplan entwerfen.« Frau Schmidt steht auf, um Papier und Bleistift zu holen.

Kapitel 10: Der Psychotherapeut

Einen Tag nach dem Gespräch mit der Frauenärztin telefoniert Daria mit Dr. Aref, dem Psychotherapeuten. Sie sind sich schon mehrfach auf Ärztesitzungen begegnet und fanden sich von Beginn an sympathisch. Da die Ärztin weiß, dass Dr. Aref immer einen dichten Tagesablauf hat, erläutert sie ihm die Gesamtsituation mit knappen Worten. Der Psychotherapeut erklärt sich sofort bereit zu helfen und bietet zwei oder drei Sitzungstermine an.

»Das ist ja wunderbar, Herr Aref. Ich habe allerdings noch eine etwas ungewöhnliche Bitte. Könnten die Gespräche vielleicht nicht in ihrer Praxis stattfinden, sondern an einem anderen Ort?«

»Bei der Patientin zu Hause? Ich denke nicht, dass das ein geeignetes Umfeld ist.«

»Nein, nein. Ich habe vor ein paar Tagen mit der Schulleitung telefoniert und man wäre bereit, dort einen gesonderten Raum anzubieten. Die Entfernung könnte sonst zu einem echten Problem werden.

»Verstehe. Das ist in der Tat ungewöhnlich, aber wenn wir einen Randtermin festlegen, sollte das schon klappen. Und hinterher kann ich dann gleich noch ein paar Einkäufe erledigen«, lacht der Psychotherapeut.

Als Daria das nächste Mal mit Dr. Aref telefoniert, hat dieser bereits zwei Sitzungen mit Basima gehabt. Er berichtet, dass sie sich sehr gefreut habe, in ihrer Muttersprache und mit einem Menschen aus dem eigenen Kulturkreis zu sprechen. Sonst hat er wenig Erfreuliches zu erzählen: »Der psychische Druck, der auf sie ausgeübt wird, ist enorm. Sie hat so große Angst, dass sie nahezu handlungsunfähig ist. Obwohl sich das Mädchen in der Gruppe der Helfenden sicher fühlt, scheinen die Autorität des Vaters und die von ihm verkörperten Werte allgegenwärtig zu sein.« Der Psychotherapeut bietet sogar eine weitere Betreuung der Patientin nach der Entbindung an – die er, wie bisher auch, völlig unentgeltlich durchführen würde.

Kapitel 11: Miran wird krank

Einige Tage sind vergangen, als Anna aufgeregt in Darias Sprechzimmer kommt. Schnell schließt sie die Tür hinter sich. »Basimas Vater ist mit seinem Sohn im Wartezimmer. Der Junge hat hohes Fieber.«
»Okay. Aber warum bist du so aufgeregt? Schicke sie einfach zu mir, wenn sie dran sind. Und bring den Jungen gleich in eine Kabine, er soll sich hinlegen, wenn es ihm nicht so gut geht.«
Anna nickt, während Daria fortfährt: »Warten denn noch viele vor ihnen im Warteraum?«
»Nein, es sind nur noch zwei Patienten da. Die anderen wollen nur Rezepte abholen, die habe ich Ihnen zur Unterschrift bereits an die Rezeption gelegt.«
»Sehr gut. Dann sollten Vater und Sohn ja nicht allzu lange warten müssen.«

Tatsächlich führt Helga Miran und seinen Vater gut zwanzig Minuten später in das Sprechzimmer. Miran ist ein zehnjähriger, hübscher Junge mit dunkelbraunen Augen und schwarzen, leicht gewellten Haaren. Allgemein kennt Daria ihn als ein aufgeschlossenes Kind, doch heute sieht er krank aus. Sein Vater Aram Erzem, der ihn begleitet, ist ein zweiundfünfzigjähriger Iraker, ein etwas schwerfälliger, ruhiger und untersetzter Mann mit leicht grau meliertem Haar, dessen braune Haut erste Fältchen um die Augen und auf der Stirn zeigt. Die Zeit hat Spuren in seinem Gesicht hinterlassen, ebenso seine strenge Lebenseinstellung und sein Leben als Flüchtling fern der Heimat. Er trägt einen grauen, abgetragenen Anzug über einem dunkelblauen Pullover. Seine Fingerkuppen sind vom jahrelangen Rauchen gelb gefärbt. Höflich und mit sonorer Stimme begrüßt er Daria und spricht zu ihr auf Persisch: »Miran ist seit zwei Tagen krank. Er hustet stark, besonders in der Nacht. Seit heute hat er auch Fieber. Ich möchte, dass Sie seine Lunge abhören.«

Daria spricht in fürsorglichem Ton mit dem Jungen, dessen Deutsch recht gut ist. Kinder lernen eine fremde Sprache wirklich schnell, denkt sie.

»Wie geht es dir, Miran?«

»Ich habe Kopfschmerzen«, klagt das Kind mit leiser Stimme und hustet stark.

»Ich werde dich gleich untersuchen und dann bekommst du Medikamente. Du wirst sehen, bald bist du wieder fit, aber du musst dich viel ausruhen und auch viel trinken.« Daria untersucht den Jungen und stellt ihm anschließend ein Rezept aus.

»Wie geht es Ihnen, Herr Erzem?«

Aram Erzem seufzt: »Ach, Frau Doktor, wie soll es mir gehen, ohne feste Arbeit und mit vielen Sorgen? Diese Sprache kann ja kein Mensch so einfach lernen. Eine Aufenthaltserlaubnis habe ich auch nicht. Das alles macht mir richtig zu schaffen.«

»Ich dachte, Sie haben eine gültige Aufenthaltserlaubnis?«, fragt Daria erstaunt nach.

»Nein, nur eine Duldung. Ich darf nicht arbeiten. Das Geld vom Sozialamt reicht nicht. Ich kann dem Jungen nicht einmal eine Kugel Eis kaufen, ohne die Cents zu zählen«, antwortet der Vater. »Ich weiß nicht, wie ich für meine Familie sorgen soll. Krieg ist etwas Grausames. Und wenn man nicht zerbombt oder erschossen wird, dann ist man entwurzelt und stirbt langsam in der Fremde. Manchmal bereue ich zutiefst, dass ich nach Deutschland gekommen bin.«

»Hauptsache, Sie sind mit Ihrer Familie in Sicherheit. Haben Sie ein wenig Geduld, Sie werden sehen, es wird alles gut. Hier in Deutschland können Ihre Kinder die Schule beenden und haben eine bessere Zukunft vor sich. In einem vom Krieg beherrschten Land müssen Sie tagtäglich in Angst leben und frei handeln können Sie auch dort nicht. Immerhin ist Ihre Familie hier in einer friedlicheren Umgebung. Also, ich finde es gut, dass Sie sich so entschieden haben.«

»Ja, Frau Doktor, so habe ich damals auch gedacht, als ich den Entschluss gefasst habe, meine geliebte Heimat zu verlassen. Aber wie sieht die Realität aus? Ich bin in einer Gesellschaft mit völlig anderen Moralvorstellungen gelandet. Meine Tochter Basima muss in einem Umfeld aufwachsen, in dem sexuelle Freizügigkeit überall präsent ist. Das ist entsetzlich! Meine Frau passt Gott sei Dank sehr gut auf die Kinder auf. Wenn sie nicht wäre, wäre ich schon längst in meine Heimat zurückgekehrt, Krieg hin oder her. Wir wurden anders erzogen. Hier schlucken vierzehnjährige Mädchen die Antibabypille. Gott bewahre! Aber entschuldigen Sie meinen Ausbruch.«

Daria schweigt zunächst, sie sieht zu Miran hinüber. »Sie brauchen sich nicht zu entschuldigen, Herr Erzem. Ich kann Sie schon verstehen. Jetzt muss Miran aber ins Bett. Bitte kommen Sie noch einmal in fünf Tagen zur Kontrolluntersuchung vorbei. Gute Besserung!«

»Danke, Frau Doktor.« Vater und Sohn verabschieden sich.

Kapitel 12: Eine Nachricht im Radio

Das Klingeln des Telefons weckt Daria aus dem Tiefschlaf. Noch etwas benommen, tastet sie nach dem Handy, das auf ihrem Nachttisch liegt. Die Rufnummer ist unterdrückt. »Hallo?« Daria hört nur ein entferntes Rauschen. »Hallooo?« Dann legt sie den Hörer auf. Daria sieht auf den Wecker, es ist kurz vor sechs. Wer kann das gewesen sein? Sie sieht noch einmal in die Liste der letzten Anrufe. Kein Hinweis darauf, wer sie so früh am Morgen erreichen wollte. Sie beschließt, da sie schon einmal wach ist, leise aufzustehen. Neben ihr schlummert ihr Mann noch friedlich. Eine halbe Stunde gebe ich ihm noch, denkt Daria, während sie ins Bad geht.

Als sie eine Stunde später mit dem Auto vom Hof fährt, schaltet sie das Radio ein. Es läuft leichte Jazzmusik. Auf den Straßen ist wenig Verkehr. Während sie an einer Ampel warten muss, wird das Programm für eine wichtige Durchsage unterbrochen: »Gestern Abend ist die Leiche eines neugeborenen Kindes in einem Waldstück nahe der Stadt aufgefunden worden. Von der Mutter fehlt jede Spur. Das Kind hat wahrscheinlich noch eine Weile nach der Geburt gelebt. Die Polizei sucht nun nach der Mutter des Kindes und bittet die Bevölkerung um Mithilfe. Eventuelle Hinweise nimmt jede Polizeidienststelle entgegen.«

Daria erstarrt. Ein Autofahrer hinter ihr hupt mehrfach, da die Ampel längst auf Grün gesprungen ist. Daria fährt langsam los, ihre Augen suchen den Straßenrand nach einer Parkmöglichkeit ab. »Oh nein! Oh nein! Oh, mein Gott!«, ruft sie immer wieder laut aus. Schließlich hält sie in einer freien Parkbucht. Sie schaltet den Motor aus, umklammert aber weiter fest das Lenkrad mit beiden Händen. Das ist Basima!, denkt sie. Hat sie es doch geschafft, dieses Kind zu beseitigen? Wie dumm, wie grausam von ihr! Ich muss sie unbedingt finden! Daria ist außer sich vor Entsetzen. Sie versucht, sich zu beruhigen: Sie muss in die Praxis, sie muss herausfinden, was wirklich passiert ist. Tausend Gedanken gehen ihr durch den Kopf, während sie den Motor wieder anlässt: Was ist bloß passiert? Habe ich etwas übersehen? Kurz entschlossen wendet sie den Mercedes und fährt Richtung Schule.

Es ist halb acht, als die Ärztin schließlich eintrifft. Sie bleibt noch ein paar Minuten hinter dem Steuer sitzen und beobachtet, wie sich der Schulhof langsam mit Kindern füllt. Basima ist nicht dabei. Daria steigt langsam aus dem Auto und geht in Richtung Sekretariat. Doch von den Lehrkräften ist dort niemand zu sehen. Sie klopft an die Tür. Niemand antwortet. Darauf spricht sie eine vorbeikommende Schülerin an: »Weißt du, wann Frau Nikolai kommt?« Die Schülerin zuckt mit den Achseln. »Keine Ahnung«, sagt sie, bereits im Weitergehen. Daria merkt, wie wieder die Panik in ihr aufsteigt. Zudem wird sie in ihrer Praxis erwartet, die ersten Patienten sind für acht Uhr bestellt. Sie überlegt, mit der Faust gegen die Tür zu hämmern, kann sich aber im letzten Moment beherrschen. Dann sieht sie Frau Nikolai den Flur entlangkommen. Mit schnellen Schritten geht sie ihr entgegen. »Guten Morgen, Frau Nikolai. Gut, dass ich Sie sehe.«

»Guten Morgen, was machen Sie denn so früh in der Schule? Ist etwas passiert?«

»Ich muss unbedingt mit Ihnen sprechen!«

»Dann kommen Sie bitte in mein Büro.« Frau Nikolai sieht Daria besorgt an. Sie weiß die Situation nicht richtig einzuschätzen.

»Ich muss eigentlich in meine Praxis, einen Moment, ich rufe einmal kurz dort an.« Die Ärztin wählt die Nummer, während die Schulleiterin die Tür zu ihrem Büro aufschließt. Doch in der Praxis springt nur der Anrufbeantworter an. Daria steckt das Handy in ihre Handtasche zurück.

»Haben Sie heute Morgen Radio gehört?«, fragt sie die Rektorin.

»Nein«, antwortet die Schulleiterin. »Was ist passiert?«

»Die Polizei sucht die Mutter eines neugeborenen Kindes, das im Wald tot aufgefunden wurde.«

Frau Nikolai beginnt schlagartig zu begreifen. »Und Sie meinen …?!«

»Ja, ich habe die Befürchtung, dass es Basimas Kind ist! Deshalb bin ich sofort zu Ihnen gekommen. Ich dachte, ich muss das Mädchen sehen – falls sie überhaupt in die Schule kommt«, fügt sie leiser hinzu.

Auch ihr Gegenüber ist sichtlich nervös: »Es ist gut, dass Sie hierhergekommen sind. Basima besucht den Unterricht eigentlich regelmäßig. Wir warten erst einmal ab, sie muss ja gleich kommen, ihr Unterricht beginnt in zehn Minuten. Ich schaue gleich mal in ihrem Klassenraum nach. Warten Sie hier auf mich? Ich bin gleich zurück.«

Frau Nikolai verlässt den Raum, während Daria wie elektrisiert neben dem Schreibtisch sitzen bleibt. Automatisch greift sie nach einer Schülerzeitschrift, die auf dem Tisch liegt, und blättert darin, ohne wirklich etwas wahrzunehmen. Insgeheim ist Daria überzeugt, dass Basima die gesuchte Mutter des toten Babys ist.

Nach fünfzehn Minuten kehrt Frau Nikolai endlich zurück. Ihr Gesichtsausdruck verrät bereits, dass sie keine guten Nachrichten bringt: »Basima ist heute nicht in die Schule gekommen.«

»Das habe ich geahnt! Was soll ich nun bloß tun?« Daria klingt fast resigniert.

Frau Nikolai beschwichtigt sie: »Fahren Sie erst mal in Ihre Praxis. Falls Basima noch kommt, rufe ich Sie sofort an. Zwei bis drei Stunden warten wir noch.«

Daria nickt, sie hat gar nicht die Kraft zu widersprechen. Sie verabschiedet sich von Frau Nikolai und fährt in die Praxis. Als sie ankommt, ist sie bereits fünfundvierzig Minuten zu spät und ein volles Wartezimmer erwartet sie. Die ersten Patienten haben sich bereits beschwert.

»Mein Gott, sie sollen nicht meckern, ich kann ja nicht hexen! Haben die noch nie von einem Notfall gehört?« Sie dreht sich um und geht ohne weitere Worte geradeaus in ihr Sprechzimmer. »Ach, und Anna, wenn Frau Nikolai anruft, stell sie sofort durch – auch wenn ich Patienten habe!«

Schneller als sonst lässt Daria ihre Patienten aufrufen. Sie ist höflich wie immer, doch wenn man sie gut kennt, merkt man ihr an, dass etwas nicht stimmt. In einer stillen Minute nimmt sie Anna, Mali und Helga zur Seite und erzählt ihnen von den Ereignissen des Vormittags. Etwa gegen elf Uhr klingelt das Telefon. Auch jetzt hat Frau Nikolai keine guten Nachrichten: Basima ist tatsächlich nicht in die Schule gekommen.

Daria überlegt. »Ich werde mit der Polizei telefonieren. Und sobald ich Näheres weiß, werde ich Ihnen sofort Bescheid geben. Aber Basimas Eltern werde ich noch nicht informieren.«

Zögernd wählt Daria die Nummer der Polizei.

»Polizeileitstelle, Wachtmeister Busche.«

»Guten Morgen, mein Name ist Dr. Daria Omid, ich bin Allgemeinmedizinerin. Heute früh habe ich eine Durchsage von Ihnen im Radio gehört. Sie suchen die Mutter des tot aufgefundenen Neugeborenen?«

»Ja, das ist richtig. Wissen Sie etwas darüber?«

»Nicht wirklich. Ich habe nur eine Vermutung, wer es sein könnte, aber sicher bin ich mir nicht.«

»Sagen Sie mir den Namen und die Adresse, wir werden dem nachgehen.«

»Es handelt sich um eine Patientin von mir.« Daria ist plötzlich ganz verlegen, sie hat nicht damit gerechnet, dass sie einen Namen nennen muss, und kommt sich in diesem Moment ein wenig blauäugig vor. »Ich weiß nicht, ob ich Ihnen den Namen und die Adresse weitergeben darf. Es handelt sich ja zunächst nur um einen Verdacht. Vielleicht können Sie mir sagen, wie das Kind aussieht.«

»Wie meinen Sie das?«

Daria fährt verunsichert fort: »Sieht das Kind südländisch, etwas dunkelhäutig aus? Ist es ein Junge oder ein Mädchen?«

»Das kann ich Ihnen nicht weitergeben. Wichtig ist aber auch erst einmal, dass wir die Kindsmutter finden.«

»Ich denke, es ist besser, wenn Sie mir etwas Zeit lassen. Ich rufe Sie zurück, sobald ich weiß, ob ich den Namen der Patientin preisgeben darf. Es war falsch von mir, Sie jetzt anzurufen, bevor ich mich rechtlich informiert habe. Entschuldigen Sie bitte. Ich rufe Sie bestimmt zurück. Auf Wiederhören.« Rasch legt Daria den Hörer auf. »Wie dumm von mir, so kopflos zu handeln!«, sagt sie leise zu sich selbst.

Sie ruft Mali herein und bittet sie, alle Termine für diesen Tag abzusagen. »Sage ihnen, ich brauche selbst einen Arzt, die Praxis muss heute geschlossen bleiben. Schicke sie zu unserer Vertretung oder gib ihnen einen neuen Termin. Frag mich bitte nicht, warum.«

Mali sieht sie erstaunt an: »Kann ich etwas für Sie tun? Soll ich Ihren Mann rufen? Sie sehen heute wirklich nicht gut aus. Vielleicht soll ich …«

Daria unterbricht sie. »Nein, nein, ich muss nur mit der Ärztekammer sprechen. Du brauchst mich aber nicht zu verbinden, ich habe die Nummer.«

Mali verlässt wortlos den Raum.

Die Ärztin macht sich eine kurze Notiz, dann wählt sie die Nummer der Ärztekammer.

»Hallo, guten Morgen, bitte verbinden Sie mich mit dem Justiziar Ludewig.«

»Einen Moment, bitte.«

Kurz darauf erklingt eine Männerstimme: »Ludewig. Schönen guten Tag.«

»Guten Tag, Herr Ludewig. Ich bin Daria Omid. Ich bin Allgemeinmedizinerin und habe eine juristische Frage.«

Sie berichtet kurz von der Radiodurchsage der Polizei und umreißt ihre eigene Situation. »Darf ich in so einer Situation nur auf Verdacht den Namen einer Patientin an die Polizei weitergeben?«

»Nein, auf keinen Fall! Solange Sie nicht sicher sind, muss immer dem Recht des Patienten der Vorzug gegeben werden. Glauben Sie denn, Ihre Patientin hat ihr Kind getötet?«

Die Ärztin zögert. »Nein, nicht wirklich. Ich werde sie selbst suchen und erst wenn ich sicher bin, werde ich der Polizei eine Mitteilung machen.«

»Ja, das ist das Beste. Sagen Sie mir bitte Bescheid, wenn sich die Situation aufgeklärt hat. Ich bin neugierig geworden.«

»Mache ich gerne, Herr Ludewig. Haben Sie vielen Dank. Auf Wiederhören.«

Kaum hat Daria aufgelegt, hört sie Stimmen in der Anmeldung. Anna kommt aufgeregt ins Zimmer: »Frau Doktor, die Polizei ist da und möchte mit Ihnen reden.«

»Schicke sie zu mir. Reg dich nicht auf, Anna. Wir reden später darüber.«

Die junge Frau kehrt mit zwei uniformierten Polizisten ins Sprechzimmer zurück.

»Guten Morgen, meine Herren. Na, das ging aber schnell. Bitte nehmen Sie Platz.«

»Guten Morgen, Frau Omid«, ergreift einer der Polizisten das Wort. »Sie haben uns doch vorhin angerufen.«

»Ja, das ist richtig.«

»Aber Sie haben so schnell aufgelegt. Ich glaube, Sie unterschätzen den Ernst der Lage. Es geht hier um eine Kindstötung, wenn nicht gar um Mord. Wir sind da nicht nur auf Ihre Mithilfe angewiesen, es ist sogar Ihre Bürgerpflicht, uns zu helfen.«

»Ja, natürlich weiß ich das. Aber noch sind mir die Hände gebunden. Ich habe gerade mit der Ärztekammer telefoniert. Ich darf Ihnen nur auf Verdacht den Namen meiner Patientin nicht nennen. Es kommt doch für Sie auf ein paar Stunden mehr oder weniger nicht an, das arme Kind ist doch sowieso tot. Es tut mir wirklich leid, aber ich glaube, nur ein richterlicher Beschluss kann mich dazu zwingen.«

»Bei einem Tötungsdelikt können ein paar Stunden durchaus relevant sein. Sie machen es sich zu leicht.«

»Wie bitte? Ich mache es mir leicht? Wenn Sie wüssten, was ich in dieser Sache schon alles getan habe! Ich möchte ja zur Aufklärung beitragen, ich bitte Sie nur darum, mir ein wenig Zeit zu lassen. Morgen wird sich alles aufklären.«

»Das heißt, wir können Sie nicht überzeugen?«

»Es geht hier nichts ums Überzeugen. Ich muss den ärztlichen Prinzipien entsprechend handeln. Ich habe, wie gerade gesagt, mit meinem Rechtsberater Herrn Ludewig telefoniert. Sollten rechtliche Fragen bestehen, gebe ich Ihnen gerne seine Telefonnummer.«

»Das ist nicht nötig. Wir gehen jetzt, aber informieren Sie uns bitte sofort, wenn sich Ihr Verdacht bestätigt.«
»Sie haben mein Wort.«

Kapitel 13: Im Restaurant

Daria sitzt noch eine Weile an ihrem Schreibtisch und denkt nach. Sie ruft Anna herein und lässt sich ein Glas Wasser und eine Tasse Kaffee bringen.

»Hat mein Mann gemerkt, dass die Polizei hier war?«

»Ja, er war gerade an der Rezeption. Er wollte wissen, was los war, wirkte irgendwie verärgert und genervt, hat aber nichts weiter gesagt. Ich glaube, er kommt bald zu Ihnen, wenn er keine Patienten mehr hat. Im Moment hat er wohl noch viel zu tun.«

Müde und angespannt sitzt Daria weiter am Schreibtisch. Sie versucht, die sich stapelnden Laborberichte und Arztbriefe zu lesen, kann sich aber nicht konzentrieren. Genervt schiebt sie die Unterlagen zur Seite, nippt an ihrem Kaffee und überlegt, ob sie oder Anna zu Basimas Haus gehen sollten. Aber wenn sie es täten, unter welchem Vorwand? Sie ringt sich schließlich dazu durch, dass es klüger sei, abzuwarten und noch nichts zu unternehmen. Inzwischen ist es bereits zwölf Uhr mittags. Daria wird langsam hungrig. Ihr Mann hat sicher noch Patienten, sonst wäre er längst zu ihr gekommen – allein um zu fragen, warum vorhin die Polizei in ihrer Praxis war. Er wird wütend sein, das weiß sie bereits jetzt. Sie seufzt und greift nach dem Telefon.

»Hallo, mein Schatz, hast du noch viel zu tun? Ich habe jetzt richtig Hunger.«

»Noch etwa fünfzehn Minuten, dann können wir essen gehen.«

»Gut, so lange halte ich es noch aus, kein Problem. Bis dann.«

Tatsächlich sitzt das Ehepaar gegen halb eins im Restaurant und bestellt das Essen. Dr. Nuri wirkt äußerlich ruhig, seine Frau weiß allerdings, dass er innerlich kocht.

»Was wollte denn die Polizei bei dir und warum bist du heute Morgen so spät in die Praxis gekommen?« Langsam dreht er dabei seine Spaghetti auf die Gabel.

»Du kannst es dir wahrscheinlich schon denken. Es geht um Basima.« Dr. Nuri hebt fragend eine Augenbraue. »Ich hatte es vermutet.«

Daria erzählt ihm chronologisch und ausführlich, was passiert ist, und lässt kein Detail aus. Ihr Mann sitzt währenddessen wie versteinert da und sieht sie ernst mit gerunzelter Stirn an. Oh je, jetzt geht der Ärger los, denkt Daria.

Und tatsächlich sprudelt es nur so aus ihrem Gegenüber heraus. »Was habe ich gesagt? Das wusste ich vorher! Jetzt kommt auch noch während der Sprechstunde die Polizei in die Praxis! Weißt du überhaupt, was du da tust? Ich sehe es schon vor mir: Morgen stehst du mit unserer Praxis in der Bildzeitung, auf der Titelseite: Ärztin vertuscht die Schwangerschaft einer Patientin! Kind tot!«

Jetzt ist Daria verärgert. Was bildet ihr Mann sich eigentlich ein, sie derartig zu behandeln? »Was redest du denn für einen Unsinn, warum dramatisierst du diese Situation, die so schon problematisch genug ist? Ich habe bisher getan, was ich tun musste. Es ist doch ganz normal, wenn die Polizei solch einer Sache nachgeht. Zudem habe ich mich bei der Ärztekammer genau informiert und der Polizei bisher keinen Namen genannt. Mit Panikmache und Ärger kommen wir hier nicht weiter. Außerdem warst du doch bisher mit dem, was ich getan habe, einverstanden, mir jetzt Vorwürfe zu machen, bringt gar nichts! Also bitte!« Sie knallt das Messer auf die Tischplatte.

»Es hat einfach keinen Sinn, mit dir vernünftig zu sprechen. Die Leute gucken schon.« Er sieht sich im Gastraum um, doch tatsächlich sind sie die einzigen Restaurantbesucher. »Aber gut, es ist deine Verantwortung, ab jetzt geht mich diese Sache nichts mehr an. Ich will dir nur etwas sagen: Ich möchte auf keinen Fall, dass der gute Ruf unserer Praxis durch dein Helfersyndrom Schaden nimmt! Und jetzt will ich endlich in Ruhe essen!«

Daria schweigt. Ihre Wut ist verflogen, stattdessen fühlt sie sich plötzlich unendlich traurig und einsam. Sie hat keinen Appetit mehr und stochert mit der Gabel in ihrem Essen herum. Wie kann ihr Mann sie nur derartig im Stich lassen, und das jetzt, da sie ihn so dringend braucht? Sie schaut ihm in die Augen und sagt: »Liebling, ich will dich nicht ärgern, aber ich kann keinen anderen Weg gehen. Ich will diesen Fall zu einem guten Ende bringen!« Sie steht auf, gibt ihrem Mann einen Kuss, streichelt liebevoll über seine Wange und geht hinaus.

Er sieht ihr nach. Warum begreift sie nur nicht, dass er langsam wirklich Angst um sie hat?

Kapitel 14: Wo ist das Mädchen?

Gleich als Daria in ihre Praxis zurückkehrt, setzt sie sich wieder an die Patientenakten. Aber auch jetzt können diese ihre Aufmerksamkeit nicht lange fesseln. Es kommt ihr vor, als wenn die Zeit stillstünde. Der Minutenzeiger ihrer Armbanduhr bewegt sich kaum. Der Tag erscheint ihr endlos. Am liebsten möchte sie nach Hause zu ihren Kindern und alles andere hinter sich lassen. Sie fühlt sich erschöpft, ihre Gedanken kehren immer wieder zu dem toten Neugeborenen im Wald zurück. Sie kann das alles einfach nicht fassen. »Wo ist Basima? Wieso war sie nicht in der Schule? Vielleicht liegt sie irgendwo – bewusstlos. Oder sie verblutet? Oder es ist etwas anderes Schlimmes passiert!« Gedankenverloren kaut sie auf ihrer Unterlippe. Wut, Trauer und Verzweiflung überfallen sie. Sie fühlt sich allem hilflos ausgeliefert.

Als es schließlich vier Uhr ist, zieht Daria ihren Arztkittel aus, nimmt ihre Tasche und will die Praxis verlassen. Sie steht gerade an der Anmeldung und wechselt ein paar Worte mit Helga, als das Telefon klingelt. Anna nimmt den Hörer auf und sagt nach einer Weile: »Ja, Frau Dr. Omid ist noch da, ich verbinde Sie gleich, einen Moment bitte.« Sie drückt die R-Taste und dreht sich zu Daria um. »Es ist die Polizei.«
 Daria greift nach dem Telefon, ihre Hände zittern leicht. »Hallo?«
 »Frau Dr. Omid?«
 »Ja, am Apparat.«
 »Wir haben die Mutter des toten Neugeborenen gefunden.«
 Daria hat auf einmal ganz weiche Knie, ihre Kehle ist wie zugeschnürt
 »Es ist eine Patientin aus der Psychiatrie. Sie ist bereits wieder stationär aufgenommen worden.«

»Was für eine Nationalität hat sie?«
»Sie ist Deutsche.«
Daria fällt ein Stein vom Herzen. »Danke, dass Sie mich benachrichtigt haben«, sagt sie leise.

Die Ärztin beauftragt Anna, Frau Nikolai zu informieren, nimmt ihre Tasche und verlässt ohne weitere Erklärungen die Praxis. Obwohl Daria über die Maßen erleichtert ist, wundert sie sich doch rückblickend über das zufällige Zusammenfallen der Ereignisse: Die Polizei sucht ausgerechnet an dem Tag nach der Mutter eines toten Neugeborenen, an dem Basima unbegründet in der Schule fehlt.

Na toll, denkt sie. Die Aufregung war ganz umsonst. Zum Glück. Aber wo zum Teufel ist das Mädchen?

Am darauffolgenden Tag meldet sich Frau Nikolai bei Daria. Basima sei heute wieder in die Schule gekommen. Sie berichtet, das Mädchen habe mit seiner Mutter zum Sozialamt und zum Gesundheitsamt gehen müssen. Auch die Rektorin ist sichtlich erleichtert, fährt aber in aufgeregtem Tonfall fort: »Ich habe mit Basima richtiggehend geschimpft, so aufgebracht war ich. Sie hätte wenigstens anrufen können! Sie konnte sich doch denken, dàss wir uns alle Sorgen machen. Aber was solls: Ende gut, alles gut!«

»Da haben Sie recht, Frau Nikolai. Da haben Sie sehr recht.«

Kapitel 15: Das Gespräch mit dem Vater

Eine Woche nach der ersten Untersuchung erscheint Miran mit seinem Vater wieder in Darias Behandlungszimmer. Der Junge hat kein Fieber mehr, seine Augen sind klar, seine Haut hat wieder eine gesunde, rosige Farbe. Die Ärztin untersucht Miran gründlich, hört insbesondere mit dem Stethoskop dessen Lunge nach Auffälligkeiten ab. Schließlich sagt sie zu ihm: »So, mein Junge, morgen kannst du wieder zur Schule gehen.« Miran lächelt und zieht sein T-Shirt über den Kopf.
»Und bei Ihnen, Herr Erzem? Wie geht es Ihrer Frau und Ihrer Tochter?«
»Die Rückenschmerzen meiner Frau sind zurzeit etwas besser. Sie kümmert sich ja immer um die Kinder. Zum Glück ist Basima gut in der Schule. Sie sitzt immer in ihrem Zimmer und lernt, ich sehe sie kaum. Wenn ich spätabends nach Hause komme, schlafen meine Kinder schon.«
»Wo arbeiten Sie denn eigentlich?«
»In einer Restaurantküche. Dort bin ich einer in einem großen Team. Alle anderen bekommen allerdings viel mehr Geld als ich, obwohl wir alle die gleiche Arbeit machen. Das liegt nur daran, dass ich keine Arbeitserlaubnis habe. In diesem Land bekommt man Sozialhilfe, aber wenn man eine Arbeit findet und keine Sozialhilfe haben will, erlauben sie es nicht. Ich bin manchmal richtig verzweifelt und deprimiert.« Aram Erzem seufzt. Daria hat den Eindruck, dass ihn alle diese Dinge sehr belasten, er aber selten darüber redet. »Lange halte ich das alles nicht mehr aus. Ich überlege jeden Tag, mit meiner Familie wieder in die Heimat zurückzukehren. Jetzt habe ich noch Kraft zu arbeiten, in ein paar Jahren bin ich seelisch kaputt. Dann kann ich nirgendwo mehr Arbeit finden. Zu Hause im Irak wäre ich arm und hier bin ich auch arm. Dort verstehe ich wenigstens die Sprache. Dort habe ich eine große Familie. Meine Mutter sagt mir

immer: *Komm zurück! Denke an deine Tochter! Was soll aus ihr in Europa werden?* In ein paar Jahren könnte ich sie nicht mehr zurückbringen.«

»Ich verstehe. Aber Sie müssen auch die vielen Vorteile sehen, die Ihnen das Leben in Deutschland ermöglicht.«

»Ach, wissen Sie, Frau Doktor, da ist ein sehr guter Mann, der sich für Basima interessiert. Ich habe ihm versprochen, dass ich sie ihm als Ehefrau anvertrauen werde. Basima ist aber jetzt noch ein bisschen zu jung. Er muss noch die zwei Jahre warten, bis sie die Schule beendet hat.«

»Und Basima ist einverstanden? Kennt sie ihn?«

»Nein, so, wie sich Männer und Frauen hier kennenlernen, kennt sie ihn nicht. Sie findet ihn nett, aber sie hat zu ihrer Mutter gesagt, sie findet ihn zu alt. Er ist etwa zwanzig Jahre älter als sie, aber er hat einen Beruf und Geld. Basima hätte keine Sorgen mehr.«

»Ich verstehe. Wo hat sie ihn kennengelernt?«

»Im Irak. Sie kann sich an ihn gut erinnern. Aber das ist natürlich viele Jahre her. Jetzt sieht sie ihn nur noch auf Fotos, die meine Mutter uns aus der Heimat schickt.«

»Es gibt auch gute Männer in Deutschland. Auch Iraker.«

»Nein, Frau Doktor, die kenne ich: Sie sind alle verwestlicht! Und wenn ich hier bald keine richtige Aufenthaltserlaubnis und Arbeitserlaubnis bekomme, gehe ich ohnehin in den Irak zurück. Natürlich mit meiner Familie und auch mit Basima. Ich würde meine Tochter niemals allein in der Fremde zurücklassen. Die Familie muss zusammenbleiben! Irgendwie werde ich es schaffen!«

Miran ist mittlerweile wieder angezogen und steht neben seinem Vater. Dieser streicht ihm über den Kopf. »Ich will nicht, dass meine Tochter die Sitten und Gewohnheiten der deutschen Mädchen annimmt. Meine Frau passt gut auf sie auf, nur zur Schule darf sie allein gehen. Voriges Jahr sollte sie mit der Schule eine Woche auf Klassenfahrt, das haben wir aber nicht erlaubt. Ihre Lehrerin hat mit uns gesprochen, aber wir haben es untersagt. Letztendlich müssen die Eltern entscheiden, was für ihre Kinder das Richtige ist.«

Daria weiß nicht recht, was sie dem Familienvater entgegnen soll. Sie spürt, dass es keinen Sinn hat, sich mit ihm auseinanderzusetzen. Außerdem hat sie Mitleid mit ihm: Er hat eine schwere Last zu tragen. »Das ist ja schade«, die Ärztin lacht. »Wenn Basima im Irak heiratet, kann ich gar nicht zu ihrer Hochzeit kommen!«

Aram Erzem sieht sie erst verwundert an, dann begreift er. Sein Lachen ist tief und herzlich: »Wir werden Sie trotzdem einladen. Basima würde sich sehr freuen und wir würden uns geehrt fühlen.«

»Aber wenn sie wirklich so gut in der Schule ist, könnte sie doch studieren und einen guten Beruf erlernen. Dann könnte sie ihrer Familie später besser helfen.«

»Ach, ein normaler Schulabschluss reicht völlig. In meiner Familie und in der Familie meiner Frau hat keiner studiert, wir sind einfache Arbeiter. Für uns sind unsere Sitten und Gewohnheiten wichtiger als ein Studium.«

»Wenn man studiert oder eine Ausbildung macht, muss man ja nicht seine Sitten und Gebräuche vergessen. Im Gegenteil: Wenn sie eine Ausbildung hätte, würden ihre Zukunft und diejenige ihrer Familie gesichert sein. Denken Sie mal darüber nach, Herr Erzem.«

Der Angesprochene schweigt.

»Es hat mich gefreut, mich mit Ihnen zu unterhalten. Jetzt muss ich aber weitermachen, die nächsten Patienten werden schon unruhig. Ihr Sohn ist wieder kerngesund und Ihnen wünsche ich alles Gute. Grüßen Sie Ihre Frau von mir.«

Nachdem die Erzems gegangen sind, denkt Daria noch über das Gesagte nach. Sie kann Basimas Angst jetzt besser verstehen, aber auch die Beweggründe hinter dem Handeln des Vaters nachvollziehen. Er ist kein Monster, obwohl das vieles einfacher gemacht hätte.

Kapitel 16: Treffen mit dem Chefarzt

An einem sonnigen Augusttag trifft sich Daria mit dem Chefarzt der Frauenklinik, Dr. Peter Arndt, in der Cafeteria des Mutter-Teresa-Krankenhauses. Dr. Arndt freut sich, Daria nach langer Zeit mal wieder zu sehen. Die beiden Ärzte kennen sich aus ihrer Studienzeit. Sie plaudern eine Weile über die Vergangenheit: über länger nicht mehr gesehene Kommilitonen, über die Lehrmethoden ihrer damaligen Professoren und über die Entwicklung der Medizin in den letzten Jahren. Die Freunde aus der Studienzeit sind mittlerweile in alle Himmelsrichtungen verstreut, viele von ihnen sind heute Koryphäen auf ihrem Gebiet. Nachdem beide über eine Stunde zusammengesessen haben, unterbricht sie der Pieper des Chefarztes.

»Und so holt uns die Gegenwart doch wieder ein, Daria. Wir sind ja eigentlich beide dienstlich hier. Schade, eigentlich wollte ich mit dir ungestört und in aller Ruhe sprechen. Ich hatte darum gebeten, dass meine Mitarbeiter sich bei der Oberärztin melden. Entschuldige, jetzt muss ich doch mal kurz telefonieren.«

Kurz darauf kommt er mit einer guten Nachricht zurück: »Alles okay, wir haben noch Zeit, aber in circa einer Stunde muss ich in den OP.« Er lehnt sich in seinem Sitz zurück und sagt: »Jetzt erzähle mal, warum du mit mir über eine Patientin sprechen willst. Du hast es ja richtig spannend gemacht, als du sagtest, du wollest am Telefon nicht darüber reden.« Er lächelt Daria an. »Ich bin ganz Ohr.«

Daria erzählt ihrem ehemaligen Kommilitonen Basimas Geschichte in allen Einzelheiten. Es tut ihr gut, im Chefarzt einen so aufmerksamen Zuhörer zu haben.

»Das ist ja eine dramatische Story! Welche Pläne hast du jetzt? Und wie bin ich an ihnen beteiligt?«

»Peter, ich sag's dir ganz direkt: Ich möchte, dass du die Patientin anonym entbindest.«

»Wie soll das deiner Meinung nach gehen?«, fragt der Arzt ganz erstaunt.

»Ich habe bereits einen Plan.«

Peter Arndt kratzt sich am Kopf: »Na, dann schieß mal los!«

Daria setzt dem Chefarzt ihre Idee auseinander. Als sie geendet hat, sieht dieser sie nur mit großen Augen an. »Puh, du hast ja Fantasien! Da müssen wir mal überlegen, wie man diese realisieren kann. So spontan kann ich dir keine Zusage geben, ich werde den Fall mit meiner Oberärztin, Frau Schulz, besprechen. Mal sehen, was sie dazu sagt. Ich brauche ja auf jeden Fall mein Team dazu.« Er räuspert sich und nimmt einen Schluck Kaffee. »So einfach, wie du dir das vorstellst, ist es leider nicht. Lass es nur eine kleine Komplikation geben, dann würden wir in Erklärungsnot geraten. Das wäre eine Katastrophe! Wenn ich mich dafür entscheide, den von dir vorgeschlagenen Weg zu gehen – oder auch nicht –, werde ich dir natürlich sofort Bescheid geben. Ein bisschen Geduld musst du aber haben.«

Daria streicht sich über das Kinn und grinst. »Ähm, na ja, viel Zeit bis zum Geburtstermin haben wir aber nicht mehr …«

Dr. Arndt sieht sie fragend an. »Oh, Daria, nee! Du stellst mich hier nicht vor vollendete Tatsachen, oder? Wann ist denn der Geburtstermin?«

»In circa fünf Wochen.«

»Mit dir ist es immer noch das Gleiche«, Dr. Arndt lacht. »Ich kann dir aber wirklich nichts versprechen. Ich muss jetzt erst mal in den OP.«

»Es war schön, über vergangene Zeiten zu reden, und danke dir für dein Verständnis für mein Anliegen. Ruf mich bitte möglichst bald an!«

»Das mache ich.«

Kapitel 17: Die Ärztekonferenz

Lange muss die Allgemeinmedizinerin nicht auf Nachricht von ihrem früheren Kommilitonen warten. Bereits am nächsten Tag stellt Anna seinen Anruf durch. Dr. Arndt setzt ihr auseinander, was er mit seiner Oberärztin besprochen hat, zudem habe er bereits den Verwaltungschef informiert. Als nächsten Schritt schlägt er ein Treffen aller beteiligten Ärzte inklusive der behandelnden Gynäkologin vor. Daria ist mit allem einverstanden. »Ich würde mich freuen, wenn wir alle an einem Strang ziehen könnten«, betont sie während des Gespräches mehrfach.
»Sehen wir mal, was wir für Mutter und Kind tun können.«

Jetzt geht alles Schlag auf Schlag: Drei Tage später sitzen alle beteiligten sieben Ärzte zusammen: der Chefarzt Dr. Arndt, dessen Oberärztin Dr. Schulz, die Assistenzärztin Dr. Kaiser und der Anästhesist Dr. Vogt. Dazu kommen die Frauenärztin Dr. Schmidt, der Psychotherapeut Dr. Aref und Daria selbst. Sie versammeln sich im Chefarztzimmer. Daria hat Herrn Aref gebeten, die Situation aus seiner Sicht zu umreißen. Der Psychotherapeut spricht zunächst von den fremden Sitten und Gebräuchen der irakischen Familie und macht die Brisanz der Lage deutlich, dann kommt er auf die schlechte psychische Verfassung und die massive Angst der Patientin zusprechen. Dabei handele es sich, so betont er, um absolut begründete Bedenken. Dr. Aref schließt mit den eindringlichen Worten, dass alles getan werden müsse, um die Schwangerschaft weiterhin geheim zu halten und die Geburt anonym durchzuführen, damit die Geschichte zu einem guten Ende gebracht werden könne.
  Die Worte des Psychotherapeuten bewegen die Anwesenden. Als er geendet hat, sind sich alle darin einig, Basima helfen zu wollen. Zudem

muss das Mädchen anonym behandelt werden, was aber nur geht, wenn sie als Privatpatientin aufgenommen wird, sodass keine Abrechnung über eine Krankenkasse erfolgt. Da es Basima nicht möglich sein wird, die Kosten der Behandlung zu begleichen, wollen die Ärzte gemeinschaftlich auf ihr Honorar verzichten, Material- und weitere Behandlungskosten würden darüber hinaus dem krankenhauseigenen Hilfsfonds entnommen werden können.

Als Daria nach dem Treffen nach Hause fährt, ist sie gerührt von so viel Solidarität. Auch wenn es ungerecht in der Welt zugeht, manchmal scheint am Ende doch noch alles gut zu werden.

Kapitel 18: Der Entbindungstag

Diese Warterei ist am schlimmsten, denkt Daria und schaut auf ihre Uhr. Wenn das bloß alles gut geht!
 Es ist genau acht Uhr, als Anna Daria den Arztbrief, den sie von Dr. Schmidt bekommen hat, übergibt. Die dort vermerkte Diagnose lautet: »Verdacht auf Ovarialtorsion«. Anna reicht ihr außerdem einen Umschlag mit den Kopien der Blutwerte. Auf diesen ist Basimas Name jedoch nirgendwo angegeben. Die Unterlagen sind mit einem roten Stern gekennzeichnet, nicht einmal eine Patienten- oder Kassennummer ist darauf zu sehen.
 Daria gibt Anna noch einmal letzte Anweisungen und legt ihr ermutigend die Hand auf die Schulter: »Jetzt kannst du das Mädchen abholen. Bringen wir die Aktion hinter uns!«

Auch Frau Nikolai ist über die nächsten Schritte informiert. Sie wartet gemeinsam mit Basima im Schulleiterzimmer.
 »Guten Morgen, Frau Nikolai«, sagt Anna, als sie zu den beiden Frauen ins Büro tritt. »Kann ich Basima mitnehmen? Wir müssen um neun Uhr in der Klinik sein.«
 »Ja, Anna. Wir sind bereit!« Frau Nikolai umarmt Basima liebevoll. Zwischen den beiden hat sich in den letzten Wochen unmerklich eine intensive Bindung entwickelt. »Es wird schon schiefgehen«, scherzt sie. Basima ist kreideweiß, als sie nach ihrem Schulranzen greift und Anna nach draußen folgt.

Als die beiden Mädchen in der Anmeldung der Klinik ankommen, kontrolliert eine Angestellte die Patientenunterlagen. Anschließend greift sie nach dem Telefon und ruft die Chefarztsekretärin Frau Nickel an. »Die Patientin von Frau Dr. Omid ist eingetroffen. Auf welche Station soll ich sie aufnehmen, auf die Gynäkologie oder auf die Entbindungsstation? Alles klar, ich schicke sie auf die Gyn 2. Danke.«

Als sie auflegt, hakt Anna sofort nach: »Entschuldigen Sie bitte, ich glaube, sie muss auf die Innere. So ist es mit Frau Dr. Omid besprochen.« Daria hatte vorher mit Dr. Arndt telefoniert: Basima sollte ein Bett auf der Inneren Abteilung zugeteilt werden. Auf diese Weise würden die Eltern den Aufenthalt ihrer Tochter nicht unmittelbar mit einer Erkrankung des Unterleibs verbinden.

»Davon weiß ich nichts, tut mir leid«, antwortet die Angestellte. »Das müssen Sie mit der Chefsekretärin Frau Nickel klären. Ich kann nur nach den Maßgaben handeln, die mir vorgegeben werden. Die Info mit der operativen gynäkologischen Station kommt direkt vom Chefarzt. Das wird schon seine Richtigkeit haben. Nun machen Sie sich mal keine Sorgen.«

Anna ist nicht überzeugt. Mit der einen Hand fischt sie ihr Handy aus der Jackentasche, mit der anderen hält sie Basimas Hand. Am Telefon folgen längere Diskussionen zwischen Dr. Omid, der Dame am Empfang und der Chefsekretärin Frau Nickel. Am Ende landet Basima doch auf der gynäkologischen Station.

Basimas Einzelzimmer ist lichtdurchflutet und in einem bläulichen Weißton gestrichen. Ihr Bett steht an einem großen Fenster mit Blick auf den parkähnlichen Garten des Krankenhauses. Es gibt weiße Rollschränke, einen eingebauten Kleiderschrank, einen Tisch mit zwei Stühlen, eine separate Dusche und einen abgetrennten Waschbereich. Basima hat das Gefühl, in einem schicken Hotelzimmer gelandet zu sein. Den Grund dafür kennt das Mädchen nicht: Dieser Raum ist normalerweise den Privatpatienten des Chefarztes oder besonderen medizinischen Fällen vorbehalten.

Nachdem die routinemäßigen Aufnahmeuntersuchungen – Blutabnahme, CTG und körperliche Untersuchung – durch die Assistenzärztin abgeschlossen sind, wird die Chefarztvisite angekündigt. Geduldig lässt

Basima alle Untersuchungen über sich ergehen. Sie ist nicht in der Lage, das Geschehen zu realisieren. Alles ist für sie so ungewohnt, alles geht so schnell vonstatten. Sie kann nur ahnen, was auf sie zukommt.

Gegen halb zwölf betritt Daria ihr Zimmer. Basima gleitet etwas behäbig von dem Bett, auf dem sie eben noch gesessen hat, und fällt ihr in die Arme.

»Ich habe solche Angst, Frau Doktor«, sagt sie mit zitternder Stimme.

Daria hält sie eine Weile im Arm, streicht ihr über ihr schönes, dickes Haar und versucht, sie zu beruhigen. »Es ist alles in Ordnung, Basima. Es ist jetzt aber Zeit, dass du dich entscheidest: Willst du dein Kind zur Adoption freigeben? Noch ist es nicht zu spät. Möchtest du nicht doch, dass wir deine Eltern über deine jetzige Situation aufklären? Vielleicht sind deine Angst und Panik ja unbegründet. Deine heutige Entscheidung ist nahezu endgültig, bist du dir darüber im Klaren?«

»Ja, ich weiß. Für mich ist meine Entscheidung unumstößlich. Ich habe keine andere Wahl als eine Adoption.« Basima blickt ernst. Zum ersten Mal weint sie nicht.

Etwa eine halbe Stunde später betritt der Chefarzt Dr. Arndt das Zimmer. Er begrüßt beide Frauen freundlich. »Daria, gut, dass du mitgekommen bist. Wir brauchen deine moralische Unterstützung. Du bist nicht nur Basimas Hausärztin, sondern auch ein Mutterersatz. Aber als stellvertretende Mutter darfst du trotzdem leider nicht die OP-Genehmigung unterschreiben, falls ein Kaiserschnitt überhaupt erforderlich wird. Das ist für uns alle ein Problem.«

»Nein, das ist überhaupt kein Problem. Basima kann das alles doch selbst unterschreiben.«

Dr. Arndt ist erstaunt. »Aber sie ist doch erst siebzehn Jahre alt!«

»Nein«, lacht Daria erleichtert. »Vor zehn Tagen ist Basima achtzehn geworden.«

»Das wusste ich nicht. Umso besser! Da haben wir wirklich ein Problem weniger!«

3/12 Der Entbindungstag

Während der folgenden Minuten klärt Dr. Arndt Basima über den Geburtsvorgang auf. »Dein Termin ist zwar erst in zehn Tagen, aber damit die Wehen nicht zu Hause beginnen, haben wir die Einleitung der Geburt geplant.«

Das Mädchen ist verunsichert. »Ich weiß aber, dass die Wehen sehr schmerzhaft sind, und möchte lieber einen Kaiserschnitt haben.«

»Woher weißt du das?«

»Aus dem Internet.«

»Ein Kaiserschnitt ist zwar schmerzfreier, aber auch deutlich risikoreicher. Zudem müsstest du anschließend eine knappe Woche im Krankenhaus bleiben. Du bist jung und gesund, da ist eine natürliche Geburt in der Regel kein Problem.«

In der Zwischenzeit ist es halb eins geworden. Kurz vor eins endet regulär Basimas Schulunterricht und spätestens um halb zwei müsste sie, wie jeden Tag, zu Hause sein. Es ist Zeit, die Eltern zu benachrichtigen.

Wie geplant, ruft die Schulleiterin Frau Nikolai Basimas Mutter an und versucht ihr zu erklären, dass Basima als Notfall ins Krankenhaus eingeliefert wurde. Sie ist sich allerdings nicht sicher, wie viel Deutsch die Mutter versteht. Auch die Assistenzärztin Frau Dr. Kaiser versucht im Beisein von Basima ihr Glück. Dann gibt sie den Hörer an die Patientin weiter. Diese spricht mit ihrer Mutter auf Arabisch und erklärt ihr noch einmal, dass es ihr in der Schule schlecht gegangen sei und sie plötzlich starke Bauchschmerzen bekommen habe. Ihre Klassenlehrerin und die Schulleiterin hätten veranlasst, dass sie sofort in die Klinik eingeliefert wurde. Die Ärzte hätten sie lange untersucht, aber bisher wüssten sie nicht, woher die Schmerzen kommen. Aber es gehe ihr durch die Medikamente schon besser. Die Mutter solle sich keine Sorgen machen.

Basimas Mutter schluchzt so laut, dass die Umstehenden sie hören können. Sie schreit aus Angst und Verzweiflung. Immer wieder fragt sie ihre Tochter etwas auf Arabisch. Basima versucht ihre Mutter zu trösten: »Die Ärzte meinen, es ist nicht gefährlich.« Aber ihre Mutter lässt sich nicht beruhigen. Sie will jetzt den Vater informieren und kündigt an, mit ihm zusammen sofort in die Klinik zu kommen.

Während des ganzen Gesprächs steht Daria neben Basimas Bett und hört, wie die Mutter weint und klagt. Außer »Habibi, Habibi, Habibi!«, was so viel wie »Liebling« bedeutet, versteht sie aber kein Wort.

Kapitel 19: Elternbesuch

Die Eltern, Miran und eine befreundete schwarzhaarige Dame, die als Dolmetscherin mitgekommen ist, betreten Basimas Zimmer. Das Mädchen liegt im Bett und döst.

Schwester Elisabeth legt den Zeigefinger an die Lippen und fordert die Besucher damit wortlos auf, leise zu sein. Sie wendet sich an die Übersetzerin: »Bitte sagen Sie den Eltern, dass ihre Tochter ein Schmerzmittel bekommen hat und jetzt unbedingt Ruhe braucht.«

Die Mutter nähert sich leise weinend Basimas Bett. Sie ist eine kleine, stämmige Frau, die durch ihren weiten schwarzen Rock und die großgeblümte Bluse unvorteilhaft gekleidet wirkt. Sie hält die Hand ihres Mannes derart fest umklammert, dass die Fingerknochen weiß hervortreten. Basima scheint ihr wie aus dem Gesicht geschnitten: die gleichen großen dunklen Augen, die gleichen vollen Lippen und die schmale Nase. Das Mädchen liegt auf der Seite, ihr Babybauch ist unter der dicken Bettdecke nicht zu erkennen. Als sie die Augen aufschlägt, sieht sie ihre Familie um ihr Bett stehen. Die Mutter murmelt immerfort die gleichen unverständlichen Worte. Miran sieht seine schöne Schwester traurig an. »Wie geht es dir?«, fragt er.

»Mir geht es ganz gut, kleiner Bruder. Sei nicht traurig, ich komme bald wieder nach Hause.« Basima versucht, ihre aufgebrachten Eltern zu beruhigen. Die Mutter streichelt immer wieder über das Gesicht ihrer Tochter.

Schwester Elisabeth bittet die Besucher nach etwa zehn Minuten, den Raum zu verlassen. Basima bräuchte jetzt unbedingt Ruhe. Die Mutter umarmt die Tochter schweren Herzens und küsst sie liebevoll. Der Vater greift nach Basimas Hand, hält sie fest gedrückt und sagt ihr etwas mit leiser Stimme. Noch immer weinend, verlässt Basimas Familie das Zimmer.

Kapitel 20: Ärger mit dem Chefarzt

»Manchmal muss man die Leute einfach warten lassen«, murmelt Frau Dr. Kaiser leise vor sich hin. Bereits vor zwanzig Minuten hatte Familie Erzem die Assistenzärztin um ein Gespräch ersucht. Diese soll nach vorheriger Absprache mit Basima den Eltern Auskunft erteilen, da sie aber nicht genau weiß, was sie sagen soll, lässt sie sich mehr Zeit als üblich. Schließlich bittet sie Mutter und Vater sowie die Dolmetscherin in das Arztzimmer. Letztere stellt sich als Rana Mezoued vor und möchte genau wissen, woran Basima so plötzlich erkrankt ist. Dr. Kaiser nennt die Diagnose und erklärt anschließend ausführlich anhand einer Skizze, was sich hinter dem Befund einer Ovarialzyste verbirgt. Die Dolmetscherin übersetzt passagenweise für die Eltern, die sichtlich beunruhigt sind.

»Und wie ist so eine Zyste zu behandeln? Ist es lebensgefährlich?«, übersetzt Rana.

»Nein, bei einer rechtzeitigen und angemessenen Behandlung besteht keine Lebensgefahr, allerdings kann es sein, dass eine Operation erforderlich wird. Erst einmal wird auf anderem Wege behandelt, aber diese Möglichkeit besteht ebenfalls. Die Entscheidung trifft Chefarzt Dr. Arndt, wenn alle Testergebnisse vorliegen. Aber wie ich bereits sagte: Die Gefahr einer Stieldrehung der Zyste besteht momentan zum Glück nicht.«

Familie Erzem wirkt nicht zufrieden mit den Ausführungen der Ärztin. Aram redet wild gestikulierend auf seine Frau ein. Dr. Kaiser versucht, sich nicht beirren zu lassen: »Es ist am besten, Sie gehen erst mal nach Hause. Heute passiert ohnehin nichts mehr. Helfen können Sie Basima gegenwärtig auch nicht. Kommen Sie morgen gegen zehn Uhr wieder, dann wissen wir mehr.«

Rana kommt nicht dazu, das Gesagte zu übersetzen, denn der Vater unterbricht sie in gebrochenem Deutsch: »Ich Chefarzt sprechen! Wichtig!«
»Ja! Morgen, zehn Uhr!«
»Nein!« Aram ist aufgebracht. »Jetzt!« Er redet aufgeregt auf die Dolmetscherin ein, die ihm antwortet und für Dr. Kaiser übersetzt: »Basimas Vater kennt einen arabischen Arzt im Katharinenhospital. Er will, dass Basima dahin verlegt wird. Hier kann eine Operation von einem arabischen Landsmann durchgeführt werden. Alles andere ist nicht akzeptabel.«

Normalerweise würde die junge Assistenzärztin der Familie noch einmal ausführlich das Vorgehen erläutern und versuchen, auf sie einzuwirken. Den Chefarzt in so einer Lage zu rufen, ist gerade zu dieser Uhrzeit unüblich. Hier liegt jedoch der Fall anders. Dr. Kaiser wird immer unsicherer, sodass sie schließlich zum Hörer greift und ihren Vorgesetzten kontaktiert. Dieser sagt zu, in einer halben Stunde vor Ort zu sein. Als der Vater zu einer neuen Tirade ansetzt, ist sie es, die ihn unterbricht: »Schneller geht es nun einmal nicht. Dr. Arndt hat auch andere wichtige Fälle. Warten Sie bitte im Aufenthaltsraum.« Sie klappt ihre Akte zu und geht in Richtung Intensivstation. Flucht nach vorn ist manchmal die beste Verteidigung.

Nachdem ihn seine Assistenzärztin benachrichtigt hat, wählt Dr. Arndt sofort Darias Nummer.
»Ach du liebe Zeit, das auch noch! Wer denkt denn vorher an so einen Blödsinn?!«, sagt Daria erzürnt.
Dr. Arndt versucht sie zu beruhigen. »Mach dir mal keine Sorgen, ich werde das Kind schon schaukeln. Es ist alles eine Frage des Auftretens und der Strategie. Ich rufe dich wieder an. Grüße deinen Mann von mir.«
»Peter, du sollst das Kind nicht schaukeln, sondern rausholen!« Beide lachen.

Als Dr. Arndt den Warteraum betritt, empfängt ihn das Bild eines aufgebrachten Aram Erzem. Während Basimas Mutter an einem kleinen Tisch sitzt und schweigt, tigert der Vater vor der Fensterfront des Zimmers hin und her. Der Chefarzt begrüßt die Familie und möchte wissen, wie er helfen kann. Aram Erzems energische Gesten deuten an, dass er nur schwer von seinem Vorhaben abzubringen sein wird.

»Entschuldigen Sie bitte, Herr Erzem will seine Tochter unbedingt mitnehmen. Jetzt sofort. Und er möchte sie dann in das Katharinenhospital bringen, weil er dort einen arabischen Arzt kennt«, fasst Rana den arabischen Redefluss zusammen.

»Tut mir leid, das ist zu gefährlich. Das können wir nicht verantworten! Außerdem verlegen wir am frühen Abend keinen Patienten.« Dr. Arndt spricht ruhig, aber sehr bestimmt. »Ein Patient kann nur verlegt werden, wenn ein Bett in einem anderen Krankenhaus zugesichert ist. Und um diese Zeit«, er deutet auf seine Uhr, die sechs Uhr zeigt, »stimmt kein Krankenhaus einer Verlegung zu. Völlig unmöglich.«

»Er ist nicht einverstanden.«

Dr. Arndt steht auf. Er sieht den Vater an, dann die Übersetzerin. »Gut, dann soll der Vater das Bett selbst besorgen. Wenn er morgen früh um acht Uhr ein Bett im Krankenhaus seines arabischen Arztes organisiert hat, werden wir seine Tochter mit dem Krankenwagen dort hinbringen. Und jetzt muss ich gehen. Ich habe noch viel zu tun. Auf Wiedersehen.« Er nickt den Umstehenden zu und verlässt ohne weitere Worte das Zimmer.

Kapitel 21: Ein kleines Problem ist beseitigt

Dr. Arndt ist recht zufrieden mit sich, als er im Fahrstuhl steht. Er hat seine Rolle gut gespielt. Natürlich kann er nachvollziehen, dass der Vater um seine Tochter besorgt ist und ein Interesse hat, ihr die in seinen Augen bestmögliche Behandlung zukommen zu lassen. Dennoch, es ist wichtig, dass jetzt alles glattläuft, und da erreicht man durch ein entschiedenes, wenn es sein muss, auch arrogantes Auftreten oft mehr als durch verständnisvolles Erklären. Allerdings kann er nicht nachvollziehen, dass Daria sich und ihrem Team dieses Theater seit Monaten zumutet. Andererseits muss man sagen: Hut ab! Es ist schon ein Einsatz, den die ehemalige Kommilitonin da bringt. Ich halte es ja bereits jetzt schon nicht mehr aus, denkt er und steigt aus dem sich öffnenden Fahrstuhl.

Auf seiner Station angekommen, fordert Dr. Arndt Schwester Elisabeth auf, Basima umgehend für einen Kaiserschnitt vorzubereiten, sobald die Familie die Klinik verlassen hat. Schnell lässt er das gesamte OP-Team zusammentrommeln, einschließlich des Anästhesisten Dr. Vogt. Die Adoptionsstelle, die auch außerhalb der üblichen Bürozeiten erreichbar ist, muss ebenfalls informiert werden. Plötzlich laufen die OP-Vorbereitungen auf Hochtouren. Frau Dr. Kaiser bleibt während der ganzen Zeit bei Basima, um sie zu beruhigen. Das Mädchen ist vollkommen überfordert, weswegen sie noch einmal kurz mit Daria telefoniert. Deren Anwesenheit im Krankenhaus ist aber zu riskant, da die Gefahr besteht, dass die Ärztin den Eltern des Mädchens über den Weg läuft. Das ist eine vernünftige Entscheidung, von der sich beide Frauen in diesem Augenblick jedoch wünschen, sie nicht hätten treffen zu müssen. Als Basima aufgelegt hat, bestärkt Dr. Kaiser sie noch einmal darin, dass es besser sei, dass

Daria nicht dabei ist. Lieber solle sich Basima auf ihre jetzige Situation konzentrieren. Daria würde sie am nächsten Tag besuchen, wenn alles überstanden sei.

Es ist bereits später Abend, als sich das OP-Team im Chefzimmer versammelt, auch die zuständige Hebamme ist dabei. Familie Erzem verließ gegen halb acht die Klinik mit dem festen Entschluss, am nächsten Morgen ein entsprechendes Bett zu besorgen. Anscheinend zeigte die Strategie des Chefarztes Wirkung, denn nach dessen Weggang entspannte sich die Lage rasch. Das Ärzteteam beschließt, die vermeintliche Notoperation unter dem ICD-10-Diagnoseschlüssel N83.5, einer Ovarialstielrotation, festzusetzen.

Um neun Uhr wird Basima in den Operationssaal geschoben. Genau um neun Uhr dreißig entbindet sie durch einen Kaiserschnitt und ein gesunder Junge erblickt das Licht der Welt.

Kapitel 22: Der ganz normale Alltag

Basima kann vom Fenster ihres Krankenbetts einen großen Birnbaum sehen, der auf dem Innenhof des Krankenhauses steht. Seine goldenen Früchte heben sich vom blauen Herbsthimmel ab. Das Mädchen ist nun schon seit einer knappen Woche in der Klinik. Mehrfach haben sowohl Daria als auch Dr. Schmidt und die Assistenzärztin Dr. Kaiser mit dem Mädchen gesprochen, immer ging es um die Inkognito-Adoption. Bei dieser heute selteneren Adoptionsform lernen sich die leiblichen Eltern und die Adoptiveltern nicht kennen, die Namen bleiben unbekannt und beide Parteien verpflichten sich dazu, auch in Zukunft keinen Kontakt zu haben. Während die Ärzte bemüht sind, Basima über die Konsequenzen ihrer Entscheidung aufzuklären, ist die junge Irakerin weiterhin fest entschlossen. Auch will sie nach wie vor den Namen des Kindsvaters nicht nennen. In ihren Augen ist die gesetzlich festgelegte achtwöchige Einspruchsfrist nicht nötig, sie möchte jetzt und auch in Zukunft keinen Kontakt zum Baby, um nicht eine Bindung aufzubauen, die es für alle Seiten schwieriger machen würde.

Basimas Familie besucht die Tochter täglich. Sie sind jetzt froh, dass sie sie an dem Abend, an dem die Notoperation erforderlich wurde, in der Klinik lassen mussten. Nach sieben Tagen kann das Mädchen das Krankenhaus verlassen; die Ärzte hatten sie ein paar Tage länger in der Klinik belassen, sodass sich Basima vollständig erholen konnte. Nach zwei weiteren Wochen Regeneration kann sie bereits wieder die Schule besuchen. Dr. Schmidt und Daria übernehmen die ambulante Betreuung Basimas, die wieder – wie früher – von ihrer Mutter zum Arztbesuch begleitet wird.

Kapitel 23: Endlich eine gute Nachricht

Schnell holt Daria der Praxisalltag wieder ein, sodass sie immer weniger Zeit hat, über den Fall Basima Erzem nachzudenken. Wenn sie sich jedoch mit ihrem Mann über das Mädchen unterhält, geht es auch immer um das Schicksal der Frauen in der Welt. Daria kritisiert dann häufig die fehlende Toleranz und die fehlende wirkliche Gleichberechtigung der Geschlechter und dass auch im Hier und Jetzt nur wenige Frauen in vollem Umfang das Recht auf Selbstbestimmung genießen. Die Ärztin wird in diesen Momenten nicht müde zu betonen: »Es genügt nicht, wenn nur die Frauen um dieses Recht kämpfen, sondern die frei denkenden Männer müssen sie darin nachhaltig unterstützen. Endlich müssen Gewalt, Diskriminierung und das patriarchalische Beherrschen der Frauen Geschichte werden.«

Daria weiß genau, dass ihr Ehemann Dr. Nuri solch ein frei denkender Mann ist, jedoch denkt nicht jeder so wie er. Für viele ist die Welt einfach unkomplizierter, wenn sie alten Traditionen und Gewohnheiten folgen: Es war doch schon immer so und hat funktioniert. Mehran Nuri wiederum sieht auch die Frauen als Mitschuldige, denn sie würden nicht selten die Söhne nach dem alten Klischee erziehen. Wenn Frauen sich daraus befreiten und ihre Erziehungsmethoden veränderten, würden die Söhne von heute nicht die Patriarchen von morgen sein. Gemeinsam ersinnen die Eheleute neue Strategien, mit deren Hilfe den Frauen der Ausbruch aus ihren Beschränkungen ermöglicht werden könnte.

In den ersten Dezembertagen ist die Praxis von Daria Omid besonders gut besucht. Eine Grippewelle greift um sich, sodass sie alle Hände voll zu tun hat. Gegen elf Uhr klingelt das Telefon. »Frau Doktor, Frau Sommer von der Adoptionsstelle möchte mit Ihnen sprechen. Ich verbinde Sie!«

»Dank, Anna.« Ein kurzes Knacken ist in der Leitung zu vernehmen.
»Hallo, hier spricht Omid. Guten Tag, Frau Sommer. Ich habe Ihren Anruf schon jeden Tag erwartet. Ist es so weit?«

»Hallo, Frau Doktor, Sie haben richtig vermutet: Es geht um die Adoption des Kindes von Frau Basima Erzem. Die gesetzliche Frist für die endgültige Adoptionsfreigabe ist abgelaufen. Könnten Sie gemeinsam mit der Kindsmutter in mein Büro kommen? Bei diesem Termin wird auch ein Notar, der Herr Becker, anwesend sein. Dr. Arndt hat mich über die Hintergründe informiert und mir gesagt, dass ich in keinem Fall direkten Kontakt zu Frau Erzem aufnehmen darf. Aus diesem Grund bitte ich Sie, mir einen Termin zu nennen, damit wir alle zusammenkommen.«

»Ja, da sind Sie richtig informiert. Ich werde einen Termin mit Basima vereinbaren und mich dann noch einmal bei Ihnen melden. Dürfen Sie mir sagen, ob das Kind in gute Hände gegeben worden ist? Man macht sich ja doch Gedanken. Sie wissen ja von Herrn Arndt, dass ich seit Langem in die ganze Geschichte involviert bin.«

»Ich darf Ihnen zwar keine Namen nennen, aber unter diesen Umständen gebe ich Ihnen gerne Auskunft. Wir haben den Jungen an Adoptiveltern gegeben, die schon länger auf eine solche Gelegenheit warten. Es sind sehr liebevolle Menschen. Dem Kind geht es sehr gut, eine Kollegin hat vor ein paar Tagen gerade den obligatorischen Besuch bei der Familie gemacht. Natürlich hat das Paar jetzt große Angst, dass es sich die leibliche Mutter doch noch überlegt und das Kind zurückfordert.«

»Das kann ich natürlich verstehen. Es ist sicher schwierig, mit einer solchen Unsicherheit zu leben.«

Daria und Frau Sommer unterhalten sich noch eine Weile. Im Anschluss daran ruft die Ärztin bei der Schulleitung an, um einen letzten Termin zu vereinbaren, an dem Basima vom Unterricht freigestellt wird. Am kommenden Freitag wird Daria selbst um halb elf das Mädchen aus der Obhut von Frau Nikolai abholen.

Am frühen Nachmittag meldet Anna Familie Erzem als nächste Patienten. Daria ist zunächst überrascht, da sie unweigerlich an Basima denken muss. Als jedoch Herr und Frau Erzem allein das Behandlungszimmer betreten, atmet sie erleichtert auf. Frau Erzem leidet wieder unter akuten Rückenschmerzen. Die Ärztin untersucht die Patientin gründlich und verschreibt ihr die gewohnten Schmerztabletten. »Frau Erzem, ich würde Sie gerne auch zur physiotherapeutischen Behandlung überweisen. Ich selbst kann nicht viel mehr machen, als Ihnen ein Schmerzmittel zu verschreiben, damit sich die Muskeln entspannen und der Körper nicht an die Schmerzen gewöhnt. Mit der entsprechenden Behandlung und den Übungen im Alltag könnten Sie allerdings Muskeln aufbauen, die den Rücken zusätzlich stabilisieren.«

Frau Erzem nickt. Sie hatte sich bereits mehrfach mit Daria über dieses Thema unterhalten, dann aber die Überweisung zum Orthopäden und das Angebot der Physiotherapie nie wahrgenommen. Dieses Mal scheinen allerdings die Schmerzen so stark zu sein, dass sie eine Behandlung beim Facharzt tatsächlich in Erwägung zieht.

Nachdem die Untersuchung abgeschlossen ist, sagt Herr Erzem unvermittelt: »Übrigens, Frau Doktor, ich möchte Ihnen etwas sagen. Der Mann, der Basima heiraten wollte, ist abgesprungen. Ich sage es Ihnen, weil wir vor Kurzem darüber gesprochen haben.«

Daria ist völlig verblüfft. »Wie, abgesprungen? Will er Basima nicht mehr heiraten? Warum denn?«

»Der Idiot hörte von meiner Mutter, dass Basima eine Unterleibsoperation hatte, und glaubt wohl, dass Basima keine Kinder mehr kriegen kann«, sagt er zornig. »Wahrscheinlich löst er deshalb die Verlobung auf. Ich sage nur: Gott sei Dank.«

»Recht haben Sie! Der hat Basima überhaupt nicht verdient!«

»Außerdem habe ich über das, was wir neulich gesprochen haben, nachgedacht.« Jetzt lächelt er Daria freundlich an. »Basima ist so gut in der Schule, dass ich überlege, sie eine Ausbildung machen zu lassen. Es kann ja nicht schaden. Sie ist sehr hübsch und klug und wird schon einen guten Mann bekommen. Was meinen Sie, Frau Doktor?«

»Eine sehr gute Entscheidung, Herr Erzem. Sehr gut. Und …«, Daria fängt plötzlich an, laut zu lachen, »dann komme ich ja doch zu ihrer Hochzeit, wenn Sie in Deutschland bleiben!«

Kapitel 24: Zu guter Letzt

Dicke weiße Schneeflocken fallen vom Himmel, als Daria an diesem Morgen ihren üblichen Gang vom Parkplatz über den Marktplatz hin zu ihrer Praxis macht. Ihre Hände stecken in dunkelblauen Lederhandschuhen, die sie heute Morgen, passend zu ihrem blauen Schal und ihrem schwarzen Mantel, ausgewählt hat. In zwei Wochen ist Weihnachten. Von Weitem sieht sie bereits Frau Blume geschäftig Waren sortieren. Heute um halb elf wird sie sich mit Basima und Frau Sommer von der Adoptionsstelle treffen. Unweigerlich denkt Daria an jenen Tag im Mai zurück.

»Guten Morgen, Frau Blume. Ihr Obststand ist ja wieder sehr verlockend«.

»Hallo, Frau Doktor, Sie sehen heute ja so fröhlich aus! Was darf es sein?«

»Danke, Frau Blume, heute benötige ich einiges. Ich würde mir gerne alles jetzt zusammenstellen, was ich brauche, bevor Sie das beste Obst und Gemüse verkauft haben. Es wäre schön, wenn ich die Tüten abholen könnte, wenn ich heimfahre. Also, ich brauche ein Pfund Tomaten, ein Pfund Möhren, drei Stück von diesen frisch aussehenden Quitten und zwei Gemüsezwiebeln.«

»Was wollen Sie mit drei Quitten machen?«, fragt Frau Blume neugierig.

»Es gibt ein leckeres persisches Essen, das heißt Tas Kebab. Meine Familie isst es sehr gern.«

»Aha. Wie bereitet man das denn zu?«

»Wenn Sie möchten, gebe ich Ihnen das Rezept.«

»Ja, sehr gerne. Das klingt interessant, dieses … ähm …«

Daria lächelt. »Tas Kebab, Frau Blume. Dann bis heute Mittag.«

Daria will gerade gehen, als Frau Blume sie zurückruft. »Warten Sie,

zwei Äpfel möchte ich Ihnen noch mitgeben. Einen für Sie und einen für Ihren Mann. Sie sollen sie in der Praxis essen und an mich denken.«
»Danke schön, Frau Blume, bis nachher!«

Für neun Uhr hat sich Daria mit Frau Nikolai verabredet. Diese winkt ihr bereits zu, als die Ärztin mit ihrem Auto auf den Schulhof fährt. Frau Stein steht neben der Rektorin. Die Frauen begrüßen sich herzlich. Man trinkt gemeinsam eine Tasse Tee im Büro von Frau Nikolai, bevor Basima gegen halb zehn an die Tür des Rektorats klopft. Als sie Daria sieht, läuft sie ihr rasch entgegen. Sie nimmt ihre Ärztin kurz in den Arm und küsst sie dreimal rechts und links auf die Wange. Basima sieht sichtlich entspannt aus, der sonst so ängstliche Gesichtsausdruck ist einem ruhigen Lächeln gewichen. Sie trägt ihre schwarze Kapuzenjacke offen und darunter einen neuen, weißen Pullover. Ihre schönen Haare fließen offen über die Schultern herab. Sie sieht schlank aus. Daria kommt es vor, als wäre das Mädchen über Nacht zu einer erwachsenen Frau geworden.

Frau Nikolai ergreift das Wort: »Wir freuen uns sehr, Basima, dass bisher alles so gut gelaufen ist. Heute steht dir ein Tag mit einer großen Entscheidung bevor. Ich werde dich jetzt in die Obhut von Frau Omid entlassen.«

Etwa zehn Minuten später verlassen Daria und Basima das Büro und steigen in das Auto. Während der Fahrt hängen beide Frauen ihren Gedanken nach.

Die Adoptionsstelle befindet sich in der vierzehnten Etage eines Hochhauses. Flur A, Zimmer 28. Basima setzt eine dunkle Brille auf und verhüllt ihre Haare mit einem großen, grauen Schal, da sie Angst hat, von einem Landsmann erkannt zu werden. Daria bemerkt ihre Unruhe, sagt aber nichts. Viel zu früh kommen sie vor dem Zimmer an, der Flur ist menschenleer. Daria rät Basima, genau zuzuhören, was Frau Sommer und der Notar ihr sagen werden. Sie bittet sie nachzufragen, wenn sie etwas nicht versteht.

»Heute ist ein entscheidender Tag in deinem Leben, deshalb musst du dich konzentrieren, um alles zu verstehen. Erst danach solltest du dich entscheiden«, sagt Daria noch einmal mit Nachdruck. Basima nimmt Brille und Kopftuch ab. Sie schaut Daria in die Augen und sagt mit fester Stimme: »Ja, das werde ich tun.«

Daria klopft an die Tür. Frau Sommer öffnet selbst die Tür und bittet die Frauen herein. Der große Raum ist hell und modern eingerichtet. Alle Anwesenden nehmen auf einer Ledersitzgruppe Platz.

Der Notar ist noch nicht eingetroffen. Frau Sommer bietet Daria und Basima etwas zu trinken an, beide entscheiden sich für ein Glas Wasser. Mit ein paar Minuten Verspätung tritt Herr Becker ein. Man unterhält sich zunächst über Alltäglichkeiten: das Wetter, die Arbeit, den starken Verkehr auf den Straßen. Die Atmosphäre ist angenehm und vertrauenerweckend.

»Ich würde jetzt gerne über den Anlass unseres Hierseins sprechen«, beginnt Frau Sommer mit gefühlvoller Stimme. »Frau Erzem, Sie haben sich vor acht Wochen entschieden, Ihren Sohn zur Adoption freizugeben. Genau aus diesem Grund sind wir jetzt hier zusammengekommen, um Sie zu fragen, ob Sie diese Entscheidung revidieren wollen?«

Sie sieht Basima direkt in die Augen, als sie fortfährt: »Es ist gesetzlich vorgeschrieben, dass wir acht Wochen nach der Entbindung angehalten sind, im Beisein eines Notars, der die Adoption schriftlich beurkunden muss, die leibliche Mutter außerhalb der Krankenhausatmosphäre, und natürlich außerhalb des Schwangerschaftseinflusses, noch einmal in aller Ruhe zu fragen, ob sie immer noch ihr Kind zu Adoption freigeben will. Ich möchte an dieser Stelle sagen, dass die Hintergründe Ihrer Entscheidung mir und Herrn Becker bekannt sind. Und dafür haben wir volles Verständnis.«

Eine Weile herrscht Stille im Raum. Basima sieht zu Daria und fragt sie auf Farsi: »Was bedeutet ›revidieren‹? Das habe ich nicht verstanden.«

»Das finde ich klasse, dass du fragst«, antwortet Daria auf Deutsch. Sie erklärt ihr nicht nur die Bedeutung des Wortes, sondern wiederholt noch einmal, was Frau Sommer zuvor ausgeführt hat.

»Jetzt habe ich alles verstanden«, sagt Basima, an Frau Sommer gewandt. Ihre Stimme zittert, als sie fortfährt: »Können Sie mir nur sagen, ob seine jetzigen Eltern ihn lieben? Hat er bei ihnen eine gute Zukunft?«

»Ja, das kann ich nach bestem Wissen und Gewissen garantieren.«

Basima schlägt die Augen nieder. Ihr Blick ruht auf der Tischkante. Niemand sagt etwas. Mit einer schnellen Bewegung greift sie nach dem auf dem Tisch liegenden Kugelschreiber und unterzeichnet das bereitliegende Formular. Sie sieht nach oben, ihre Augen sind mit Tränen gefüllt. Als Daria nach ihrer Hand greifen will, wirft sich Basima in ihre Arme. Sie schluchzt laut. Mit erstickter Stimme sagte sie: »Ich kann das Kind nicht behalten, DAS KIND, DAS ES NICHT GIBT.«

Danksagung

Es hat einige Zeit gedauert, bis ich dieses Buch, das ich seit Langem schreiben wollte, endlich fertigstellen konnte. Das Thema lag mir jedoch so sehr am Herzen, dass ich die vielen Stunden mit ausführlichen Recherchen gerne auf mich nahm. Es kam mir vor, als ob ich immer einen schweren Koffer bei mir getragen hätte, ohne eine Möglichkeit, ihn irgendwo abzustellen. So wurde mir das Niederschreiben zu einer Herzensangelegenheit. Aber, mein Gott, es war wirklich nicht sicher, ob ich es je schaffen würde. Mittendrin wollte ich am liebsten etwas anderes machen, aber da waren Menschen um mich herum, die etwas dagegen einzuwenden hatten, dass ich aufgebe. Und eben diesen Menschen möchte ich hier einen riesengroßen Dank aussprechen, denn ohne sie hätte dieses Buch niemals entstehen können.

Als Erstes danke ich meinem geliebten Mann für seine Liebe und sein Verständnis. Ich danke ihm dafür, dass er mich immer motiviert hat – nicht nur zum Schreiben dieses Buches, sondern auch in allen anderen Bereichen meines Lebens. Zweifellos wäre ich seit unglaublich vielen Jahren ohne ihn nicht die glückliche Frau, die ich an seiner Seite immer gewesen bin. Danke für die endlose Geduld. Danke dafür, dass seine kritische Meinung mich immer im passenden Moment auf den richtigen Pfad gebracht hat. Für all das, was er mir täglich gibt, ist noch jeder Dank zu klein. Hier möchte ich nur sagen: Ich liebe dich.

Ein Riesendankeschön gilt auch meinen geliebten verstorbenen Eltern, die immer an mich geglaubt haben und ein großes Vorbild für mich waren. Mit Liebe und Vertrauen lehrte mein Vater mich, niemals aufzugeben.

Gedankt sei auch meinen Kindern, auf die ich stolz bin. Mit euch spüre ich den tiefen Sinn des Lebens.

Auch Maryam, die ich sehr liebe, gilt mein großer Dank. Es ist schön, zwei Töchter zu haben.

Ein tiefes Dankeschön richte ich an meine Enkelkinder, die mich sehr glücklich machen.

Ich danke meiner Freundin Gisela, die mir unterstützend, geduldig, zuverlässig und kompetent beim Schreiben dieses Buches zur Seite stand. Es hat einfach großen Spaß gemacht, mit ihr zu arbeiten.

Danke meiner Freundin Farahnaz, die mir seit Jahren die Treue hält. Sie ist mir sowohl in guten als auch in schlechten Zeiten immer eine Freundin gewesen. Ich danke für ihre Geduld und Unterstützung.

Ein weiterer Dank geht an einen guten Freund, Herrn Rechtsanwalt Burkhard von Samson-Himmelstjerna, für seine motivierende und unterstützende Art und für die Zeit, die er mir geopfert hat.

Ich danke außerdem meinem Freund und Lehrer Michael Melchior von der Freien Kunstakademie für die engagierte künstlerische Gestaltung des Buches.

Schließlich gilt mein Dank Kirstin de Boer und Jasmin Krafft vom Lektorat »Die Korrekturstube« und Frau Dr. Volkova von BoD für die liebevolle, geduldige und kompetente Betreuung.

Über die Autorin

Fahimeh Tezval, geboren 1948 in Teheran, ist eine iranische Ärztin.

Mit siebzehn Jahren kam sie nach Deutschland und studierte an der Georg-August-Universität Göttingen Medizin.

Zuletzt arbeitete sie als Fachärztin für Allgemeinmedizin und Fachärztin für Psychotherapeutische Medizin in eigener Praxis.

Sie ist eine erfahrene Ärztin mit viel Engagement und Fürsorge für Flüchtlinge aus den Kriegsgebieten Iran, Afghanistan, Irak und dem ehemaligen Jugoslawien.

Mit ihrer Familie lebt sie in Göttingen.

Michael Melchior

Geb. 1958

Künstler und Kunstdozent
Studium: bei Prof. Haug
Diplom: Freie Kunst, GhK Kassel

Freie Kunst Akademie
Seit 2006 Akademieleitung

Arbeiten im Buch:
Cover: Foto, Melchior
Serie: Das Kind, das es nicht gibt
Technik: Kaltnadelradierung, Mischtechnik
Druckauflage: 13 Tafeln, 12 Blätter
Papierformat: 27 x 19,5 cm, Bütten, 300 g/qm

Blatt 1: Unglaubliche Nachricht 15,7 x 12,8 cm
Blatt 2: Tränen der Angst 15,8 x 12,9 cm
Blatt 3: Der Entbindungstag 15,8 x 12,8 cm
Blatt 4: Zu guter Letzt 15,8 x 12,8 cm